流浪・大叔・歐多拜

給活著的自己一個流浪的理由

Mr. big

推薦序 _ 1

周佳佑
音樂製作人

最早認識大叔，是一起承辦 2011 年 I AM MUSIC 我是音樂 原創及演唱音樂大賽，他和其他工作人員一樣低調，除了像工人的體格和耐操的性格之外，並沒有太多的交集，但卻又隱約的感覺到他似乎有些不平凡的經歷。

後來熟識，是同年一起合作澎湖菊島音樂藝術沙灘節活動，那是一場非常慘不忍睹的活動，因為颱風，毀了一切。因為這樣，我看到了一個已經一無所有的大男人，像流浪漢般的在澎湖，為了一場活動，為了讓音樂人有個表演的舞台，在天人交戰與折磨之下，堅強努力地撐著。最後也因為一通勸他別想不開的電話，我聽到了一個大男人最脆弱無助絕望的哭聲……

大叔永遠讓人感覺到無敵堅強，但粗獷外表之下卻有著細膩內心。從他的工作態度與能力上就能發現，跟他共事，有種十分安心的感覺，他總是能用最少的資源，最精簡的人力，完成許多艱難的任務，說他能以一擋十，一點也不誇張。我想，這跟他豐富的工作經歷與人生閱歷有很大的關係。

其實他一直在挫折中生存，一直在生存中受挫，如果是一般人，大概早投降了……有一天，當大叔告訴我他要徒步環島時，我有點訝異！！推一台兩百多公斤的手推車徒步環島，這有什麼意義？我不知道！但他告訴我，想要為偏鄉部落的原住民做一些事，募款買一台交通車……我真的覺得：「你吃飽太閒嗎？」或許就因為我這樣如一般人的市儈，最後才會被他一路上的「受盡折磨的苦行」所感動，他竟然真的完成了！！而他的目的竟然如此純粹，如此讓人感動……

不止一圈，後來他又走了一圈，為了台灣的土地與環境，替小農發聲。

這幾年，我看到大叔從一個一無所有的人，變成一個精神富足的人，變成一個看透人性的攝影師，變成一個關心台灣的紀錄片導演，他的生活品質仍然不好，卻多了更多衝勁，更多正面的能量。

流浪對大叔是有意義的，他真的用心體會，紀錄人間的點滴，我們的自然環境，我們的人情味，光是歐多拜前前後後就操壞了好幾台……真心佩服大叔的毅力，從那通電話的哭聲結束後，大叔已經是個頂天立地的男子漢了。

這本書紀錄了大叔的生命故事，我深深被感動，也會學到很多很多……

推薦序 _ 2

蘇達
演員 / 導演
第 50 屆金鐘獎戲劇節目最佳男配角獎

電視金鐘獎頒獎典禮

「嗡嗡作響的往前再往前」

我們都在生活裡的失衡中，尋求一種自我調劑的補救措施，一塊補完再一塊，像是破丁的襤褸，衣衫也許不新，卻是一件又一件的歷練與彪炳。我們打從娘胎落地，就從一件全新的「金裝」開始學會如何補丁又補丁。

但是，真的是這樣嗎？難道每天我們的生活，都在與命運的對抗下，一次又一次地抵禦「不順」來讓自己平步青雲嗎？我愈想愈不對勁。

在一次又一次的南下列車上讀完了大叔的樣本，我才猛然明瞭原來這位在我面前永遠瞇眼嘟嘟的老大哥，為什麼總是在呵呵笑的臉龐上有著隱隱的沉重，原來是乘載了這麼厚重的旅途負荷。人生這條路，走啊走，對他來說彷彿不是一件快樂的反射，每一步都是戰戰兢兢，每一個彎都有著如履薄冰的提心吊膽。

於是我們在每一種的喘息片刻，過濾出一種最適合自己的生活哲學。看著他的每一段文字，都會不自覺地對比起現在自己的生活處境，像是他在你面前講話一般的字字句句，然後雙掌一擊，有著如此適切又適用的醍醐灌頂。

這本圖文集裡，見證著「逆流而上」的生命面貌，不屈服於命運的安排與設定，咬著牙一步又一步地證明自己，可以不在這片大洪流中被順勢沖刷。河床中有石礫，凹陷處有迴旋，迴旋可以暫且委身，委身讓我們再從隙縫中鑽出河道，眼睛一亮，河道上茵茵水草，翠綠的蔓游擺枝成為了棲息的驛站，蹲一下再喘一下，我們再衝一發。

咀嚼著文字與圖片所散發出來的「正能量」，我開始意識到大叔的新書再也不只是一本「旅行小札」，而是企圖藉由生命歷程所領著自己前進的每一禎紀錄，來告訴自己，也告訴大家，原來所有遇到的「不順」都是為了讓你接下來「往順的地方」去。

這不是一本冠冕堂皇的心靈勵志書籍，但後勁卻比任何一位心靈大師都來得更令人震撼，所有甘美地都是因為踏過荊棘路而來，不是空泛的靡靡之音，不是玄虛的形而上學，而是道道地地又踏踏實實的生命步履，走過了凹陷處，才有資格跟讀者分享，當雙腳深陷泥地時，該如何脫身，應怎麼自救。

絕對不只是一本「為賦新詞強說愁」的理性與感性攝影文字集，而是一卷有著生命溫暖與厚度的分享字句，藉由這一頁頁的自白，與讀者間產生了共鳴，因此音場嗡嗡作響，在書寫與閱讀的想像時空裡，我們與大叔一起走了這麼一趟。

我在演出《鑑識英雄》時認識了大叔，當時他是劇照師兼製片助理，總會在演員之間穿梭，捕捉每一刻具有強烈性的戲劇畫面。當時我便見識到他對於工作的幹勁與熱忱，像是暖爐般一波又一波地瀰漫開來，熱情卻含蓄地扎扎實實傳遞到了身邊的每一個人身上。他的正直與誠懇，是我對他最深刻的印象。

很高興能夠藉由這一次的書寫更加認識了他，當他說他總是睡在路邊的時候，你在不可思議的反應中，會開始慢慢理解他的生命態度，其實正是如此的坦率自在而俯仰天地。於是在難以置信的一秒一秒過後，就開始羨慕了。

大叔扉頁中鏗鏘打造出來的「正能量」，是最真誠而實在的隨行補給，人生這一路啊，謝謝他帶領著我們看見生命中原來真的有陽光。原來「正能量」不再只是拿來販售的晶亮口號，更不是不切實際的自我催眠。它清清楚楚，就在太陽的下方，走著走著，溫煦的補給就來了，不用尋也不用求，它就在那裡。

能量再注滿，再往前、再往前，我們一起往下一站悠揚行去。

推薦序 _ 3

滾滾紅塵好流浪　浪濤洶洶拼出頭

我因為工作的關係，製作三立愛台客系列行腳節目十幾年來，認識的傳奇人物可不少，廣度；上至王公貴族下至販夫走卒皆因傳奇來結識，深度；每每因緣際會就要鑽到人家心坎裡，流浪大叔一鍾品澄堪稱是傳奇中的傳奇。

我們一起溯過溪、漂過海、進大山、訪宮廟，他能打探溫泉在哪裡，他能溝通神仙聊聊天，他毅力驚人、他能說善道、他開過餐廳、民宿……各式各樣聽過或陌生的行業領域。是遊戲人間、是人生流浪，端看你怎麼想、怎麼看，重要的是他樂於助人，在這功利社會裡，很多人對他人伸出援手避之唯恐不及，但大叔總是古道熱腸，使命必達。

很多人會說：「等我有能力時再來幫忙，等我有錢再來做善事」，我認識的大叔從來不等的，他幫忙原住民部落行銷農產品，幫藝術家朋友推廣作品，這些吃力不討好又曠日廢時的事，他總是全心投入，或許為人圓夢就是為自己圓夢，或許今天有能力助人，哪天需要人助時才有勇氣開口，至少是勿因善小而不為，勿因惡小而為之，和善之人總是擔心，算計在前謗毀就隨之在後。

在滾滾紅塵中人生難免起伏，在我低潮時他曾伸出援手，給予當時最需要的人情溫暖，那是一份難得的情誼。但總覺得對不起他，在他最困難、人生急轉直下時，他卻不願打擾朋友，寧願自行打轉翻滾，甚至遺書都寫了……最後還是靠著自己最大的資產 -- 堅強毅力，一點一滴來償還人生的負債直到轉虧為盈。我們友情的這段空白就從本書中千言萬語來補足。

大叔在浪濤洶湧潮起潮落的人生中，以壯遊精神走闖凡間，靠著自己的打拼爬出低落幽谷，又學攝影、又拍紀錄片，跟我成了同業，而且還獲得許多國際獎項的肯定，真的是不做則已要做就要出類拔萃，這就是應驗那個不變的通則，擁有豐富生活閱歷的創作人，才能刻劃出撼動人心的作品。

現今的台灣社會很多人無法面對現實的磨難，但再苦再難的高低起伏都難以比擬大叔的流浪人生，這是一本值得細細品味的勵志書，這是我將再起的真實人生紀錄！

www.wretch.cc/album/BillBillBill

自　序

要出這本書之前，其實拜訪了很多出版社，只是，我沒有知名度，也沒有做過什麼轟轟烈烈的大事，臉書粉絲團也沒有三十萬人，寫的內容，也不太符合市場需求，或許吧，這個社會本來就是這樣，要寫書，要考量的並不是書本內容能傳達給讀者的意義，而是能不能賣錢。

既然這樣，那就自己想辦法獨立出版好了，只是這樣又面臨一個問題，編輯、印刷，還有要付出的成本怎麼辦？幸好，現在網路很發達，找到了自助印刷編輯的方式，只是在編輯的過程，又碰到了印刷廠的雲端編輯器故障維修，原本已經編好的一百多頁，又得重來一次。

好的，每次當大叔要認真的做一件事，都會曲折離奇，挑戰連連，冥冥之中，都有股力量要大叔重複做個兩三次才會成功，是磨練嗎？還是單純不想讓大叔太順利就成功？就連腹肌，也都要比別人付出兩倍的努力它才肯出現，想找個女孩出門看電影吃飯更是一波三百折，看來以後新的外號叫「事倍功半哥」好了……

終於，費盡了千辛萬苦，完成了第一本《流浪‧大叔‧歐多拜》，這本書是攝影集，也是散文集，也有段落故事，應該是歸類在非文學類，亦或是全文學類，或是不倫不類，大叔不知道，但內容大部分都是自己的人生經驗跟體會，這些內容不知道有沒有人會想看？但大叔很認真的編輯排版，斟酌文章，挑選照片，就像旁邊的照片一樣，店面雖小，全力以赴。

謝謝你，看到了這本書，也謝謝你能把這本書看完，大叔不確定自己的文章跟照片能不能帶給你什麼樣的想法，但大叔很盡力的把自己想要表達的，透過照片與文章傳達出去，如果你喜歡這本書，就推薦給你身邊需要它的朋友，這樣，大叔就會更努力的創作第二本、第三本，也會更努力的拍紀錄片，把更多隱藏在角落的故事，分享給更多的人。

目　　錄

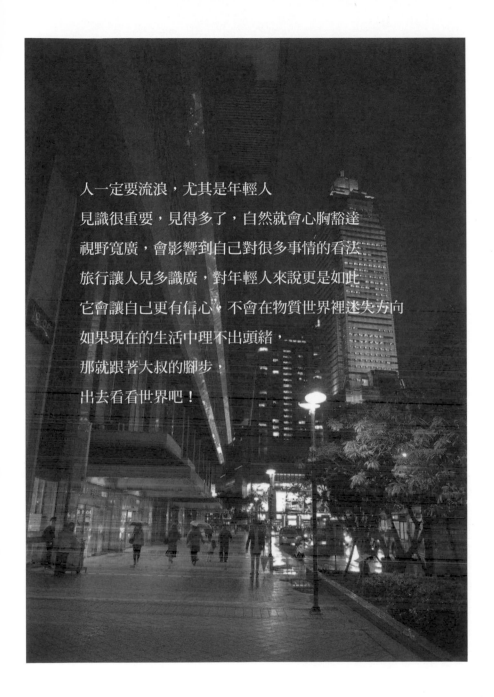

人一定要流浪，尤其是年輕人

見識很重要，見得多了，自然就會心胸豁達

視野寬廣，會影響到自己對很多事情的看法

旅行讓人見多識廣，對年輕人來說更是如此

它會讓自己更有信心，不會在物質世界裡迷失方向

如果現在的生活中理不出頭緒，

那就跟著大叔的腳步，

出去看看世界吧！

走出自己的小窩，頭頂是湛藍的蒼穹，腳下是無際的大地，
流浪，一切都在意料之中，又在意料之外。
流浪是造就自我心靈提升的好方法。

旅途中，陌生教導我們交際，神秘啟迪我們智慧，
　　　古老增加我們厚度，新鮮開闊我們視野，
　　　艱辛造就我們堅強，囧途訓練我們獨立……

旅行，讓自然之力補全我們的靈魂，重塑我們的個性，開拓智慧的邊界

再美麗的女子，都有年華老去的一天，
再帥氣的男人，都有老態龍鍾的一刻，
花落不言，水流無語，任你再絢麗，亦不會永恆；
哪怕再眷念，一樣會凋零。

我們要做的，只是做自己，愛生活。
盡自己的能力，去成就他人，去幫助他人，
哪怕他不會感謝你，甚至會汙辱你，
都不該生氣，因為你的付出，
總有一天會開花結果，哪怕受益人不是你，
但至少無愧天地良心，
不貪心，無所求，
生命便會充滿意義 ……

當急於想證明自己有內涵的時候，卻常常顯得很淺薄；
當極力想展現自己很性感時，卻容易顯得很可笑。
有時反而當放鬆時，卻不小心看起來有種自在的魅力！
知道自己根本帥不起來，再怎麼打扮也沒用，
那就多花點時間去體驗人生，當個有智慧的中年男子，
別管女孩怎麼看自己，大叔不是活給這些女孩看的，
要活給歷史看！

照片故事：

承德路，是台北市的一條南北向的主要幹道之一，為台北市通往士林北投和淡水的
重要道路，車流量在交通尖峰時刻極大。每次來到車水馬龍的台北，就好像迷失在
都市叢林中，茫然卻若有所思。

流　浪
趁　現　在

旅行不一定是出國，在台灣，有很多可以旅行
的地方，大叔認識很多朋友，都三十來歲了，
卻從來沒出過自己的舒適圈，尤其是台北的朋
友，比例更高，雖然台北交通便利，生活機能
好，不過在這樣便利的都市生活慣了，很可能
失去了流浪的能力，流浪需要具備隨遇而安的
心境，解決問題的能力，再加上一點勇氣，就
能從流浪的過程中，找到全新的自己。

其實，大叔沒有學過使用單眼相機，也沒有念到大學畢業，到三十歲前大概換過一百多個老闆，這些經驗，學校一點也沒教，教我的都是各行各業的專業菁英。

第一次見到我的老闆，都問大叔念哪裡畢業的，大叔都很老實說：「我只有高職畢業」，敢用我的老闆，通常都是抱著試看看的心態，只是通常上班沒多久，在公司裡看不見未來，再加上老闆不願意花錢培植人才，大叔就想離開了。

後來，就再也回不去傳統職場，原因是找到了生活的方式，也可以靠著這些經驗自己找事做，而不用打卡上下班，不用為了一個月兩三萬賣肺賣肝，學會經營管理與行銷，自己就能找到生存方式。

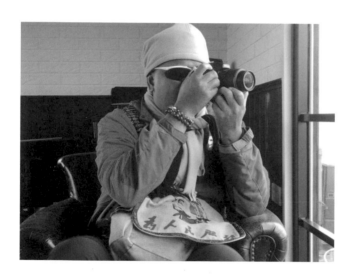

寫這本書的起因，是 2012 年拍了一支紀錄片叫《穿越世界末日為愛而走》，故事是敘述一位住在台東縣達仁鄉的排灣族青年，原先在綠島的餐廳工作，因為思鄉，決定返家，他發現家鄉沒有任何診所，距離最近的衛生所也要25 公里，老人家如果要掛急診，叫救護車還得浪費往返時間，相當不便；所以他決定用推車徒步環島，義賣部落的手工商品來籌措經費。

「不要捐錢給我，我要靠自己的力量！」要完成夢想不需依賴別人的捐款，應該自己出來爭取，這樣才有尊嚴。兩個人，200 多公斤的手推車，123 天，1500 公里的穿越世界末日旅程，就此展開……

這是大叔第一次拍攝紀錄片，以前幾乎沒有拿過單眼相機，只是為了想要紀錄一段徒步環島的故事，逼著自己上網學單眼相機的使用、照片的處理，還有剪接軟體的使用。原本只是單純的想在粉絲團上貼貼照片，寫寫環島路上的流水帳，沒想到粉絲團的推出竟然很受觀眾的歡迎，但當時還沒有出書的念頭。

環島路程走到了台中，受到國小同學楊濟樸的協助，在他上班的地方，位在台中新烏日火車站內的台灣鐵道故事館擺攤義賣，那時來了一位粉絲團的忠實觀眾 Emma 小姐。

其實，在粉絲團的經營裡面，大叔很少出現在照片裡，大部分都是躲在螢幕後面拍照、寫文章，告訴大家這個故事的來由。當然，就像一般的電視連續劇一樣，大部分的觀眾都只會看到螢光幕前所表現的人，不太可能會去注意幕後的編劇、導演，甚至製片，只有少部分的人會去思考，導演跟編劇為什麼要拍這樣的題材，想要表達的內容以及故事裡想要傳達的訊息，當大家都沉浸在主角的死去活來，或是今天又發生了什麼有趣的事情，卻沒人會問：「那拍照跟寫劇本的人是誰啊？」

但這位 Emma 小姐似乎就是內行人，知道每個故事的背後，都有一群默默付出心力，不畏艱苦，使命必達的幕後工作者。就這樣，一路跟隨粉絲團的環島腳步來到了高雄。

還記得在高雄的中正技擊館設攤，是受到高雄博陵愛之光布偶劇團的協助，才可以在他們劇團的團址門口擺攤義賣。那天是個大雨的天氣，出了住宿點，來到攤車，發現攤車上有個厚厚的牛皮紙袋，紙袋裡有許多手工製作的書籤，還有兩本厚厚的筆記本，打開一看，裡面竟然是一路上環島的照片剪貼與手寫的文章，原來是 Emma 小姐親手製作完之後，冒著大雨送到高雄，這手工書真的讓大叔感動了很久。

後來徒步環島結束之後，特地約了 Emma 小姐喝喝咖啡，想問問她為什麼要花這麼多的時間製作這兩本手工書給大叔？原來，這動機的背後還有個感人故事。

Emma 小姐告訴大叔，她原本在台中的某機械廠擔任業務，原本很想去進修，但工作與學業要兼顧真的有困難，尤其她的工作必須常出國參展或接洽業務，所以很擔心如果去進修，工作會無法兼顧，就這樣，一拖再拖，許多青春年華就貢獻給老闆了，而自己的夢想，就懸在那，遲遲未能如願。

後來是在網路上看到穿越世界末日為愛而走的故事，才又想起她當年進修的夢想，就在我們環島之後，她下定決心報考了東海大學的ＥＭＢＡ，也很順利的錄取了。就在 2015 年 Emma 小姐也從東海大學的ＥＭＢＡ順利畢業，完成了她的夢想。原來，只是拍了些照片，寫了些文章，竟然能幫助他人完成夢想，這是大叔當初拍紀錄片想都沒想到的事，也沒想過自己的拙作竟然在 Emma 小姐的巧手之下，變成了兩本值得紀念一輩子的手工書，更激發了大叔繼續創作的念頭。

生命是自己的，不必用別人的標準來框定自己的人生。
如果想討好所有人，滿足所有人的標準，最終只會迷失自己。
不可能讓所有人對自己滿意，因為每個人都有自己不同的標準。
試圖讓所有人都喜歡自己，是徒勞無功的，也是對自己的不負責任。

不要迷失在別人的評價裡，用心傾聽自己內心的聲音，做自己就好。

如果想改變命運，最重要的是改變自己。
在相同的境遇下，不同的人會有不同的命運。
一個人的命運不是由上天決定的，也不是由別人決定的，而是自己。
一個人若想改變自己的命運，最重要的是要改變自己。
改變心態，改變環境，這樣命運也會隨之改變。

如果你不滿意你現在的人生，就試著改變自己。
今天的你過得不好，是因為三年前的你做的決定。
如果想要三年後過不一樣的生活，現在就該改變生活方式，勇敢跨出去！

就在第二次徒步環島之後，大叔就決定將自己過去慘痛的人生經驗好好整理
整理，看能不能透過經驗分享，給大家當個借鏡，能有更多正面迴響，那就
更好不過了，真的也很謝謝催生這本書的朋友，至於環島的故事會不會寫成
書呢？那就看看這一本的成績如何了！

夢想很輕，卻擁有飛向藍天的力量！

當我們對事物的認識還很膚淺時，我們會像井

底之蛙一樣，常常認為自己知道全世界，當認

識逐漸探索世界及事物的核心時，就會發現，

我們知道的很少很少，有時甚至是一無所知。

懷著謙遜求知的心態去體驗這個世界吧，不論

是坎坷還是平順。

在流浪的路途上，會有許多驚喜在等著你。

照片故事：
隨著工業化發展，農業人口逐年驟降。這些農地能否繼續留在願意務農的人手上？
德國限制農地農用，農舍嚴禁增建。除非是老農的下一代也要務農，地方不夠住，
才能多蓋約三十坪以下的屋舍。反觀台灣，即使不務農，照樣在農地上蓋民宿。在
台灣真正想務農的人，發現農地愈來愈少，想買也買不到，農地如果繼續消失，那
台灣人的健康與生態消失將是下個十年的最大挑戰。

挫折，是年輕人最好的禮物

剛上高中時，無一技之長，為了湊學費，就跑去旅行社，擔任「導遊」。
那年夏天，公司指派大叔帶一班約四十多人，台中某護專的女孩，到澎湖去
畢業旅行。女孩子心思比較細膩，剛開始學習帶團的大叔無法完全掌握，當
行程結束後，要跟同學們收尾款，卻被百般的刁難。

大叔向同學們解釋：「我只是打工，只是要把錢給收回來，畢竟你們同學都
安全的回來了呀！」但同學們一臉無情的說：「不行就是不行，我們玩得不
開心，所以要扣你們公司的錢！」

．

在學校裡吵了半天，同學依然不願付尾款。
心想，這第一次的帶團，錢收不回來，至少要帶四次七天的團才有辦法把尾
款還給公司，該怎麼辦！

後來，還是忍受這「無理的刁難」，自己想辦法湊錢把四萬多塊的尾款還給
公司。再向旅行社老闆解釋事情原委，獲得諒解，老闆破例讓一個高中還沒
畢業的學生轉為業務員。當天下午，立刻跑去公司樓下的書局購買了旅遊從
業人員考試的書籍，含淚發誓，一定要考上導遊證照，絕不再讓別人「刁難
看輕」。

在學校時，天天苦讀旅遊從業人員考試要點，因為知道，未來高職畢業，還
是要面對社會，雖然是念商科，但旅遊業學習的東西比學校教的要實用太
多，每當偷懶、懈怠時，腦中就想起「同學無理的扣錢」被羞辱的一幕，也
就打起精神，加倍認真地向旅遊業界的前輩們討教學習。後來在高職畢業後
沒兩個月，就從學生領隊升到業務主管，也在旅遊業待了十年。

如今，二十多年過去了，然而，靜心一想，當時，要不是同學們「無理刁難」，怎能從屈辱中擦乾眼淚，勇敢站起來？而那些不付尾款的同學，不也是生命中的貴人嗎？

的確，是人，都有失意、不順遂的時候，然而，大叔更相信！
「挫折，是年輕人最好的禮物！」

人只有在遭遇挫折，被他人百般刁難、歧視、嘲諷時，才能打醒自己，讓自己被當頭棒喝之後驚醒過來！這豈不是一生中最珍貴的禮物？

如果現在的挫折，能帶給你未來幸福，請忍受它。
如果現在的快樂，會帶給你未來不幸，請拋棄它。
「生命中的每個挫折、每個傷痛、每個打擊，都有它的意義。」

大叔從一次次的打擊與痛苦中走出來，只是簡單的相信有一天，一定會有所成就，就是這麼簡單的想法，支撐下去，加油吧！

貴人的姿態未必會是和善的，他也可能是落井下石的魔鬼。
所以每一個貴人都值得感謝。

有些人一遇批評就來情緒，總覺自己做得完全正確，
或怕丟臉沒面子就硬拗；不肯面對自己的作為。

遇見批評，我們可以做兩件事：
一是盡力去做好你應該做的事，
二是去和批評你的人交談，聽取意見，或許會知道自己錯在哪兒。

批評你的人才是生命中的貴人。
如果沒有他們的實話實說，或許會看不見成功的你。
真正恐怖的魔鬼，是在發生意外的前後，卻冷眼旁觀的人。

遇到問題，選擇勇敢面對，當下的困境，不一定是壞事。
做錯事情，勇敢承認錯誤，並虛心道歉，迎來的是尊重。

天底下沒有廢物，只有不懂利用的人。
貴人常常是別人，敵人肯定是自己。
人生的意義，在於善用自己。
人生的目的，在於成就他人。
要知足最好的方式，就是把握每個當下。
從易處改變，從近處做起。

早在大叔高中時期，就已經是一個專業的國旅導遊，當年的環境，就想要趕緊就業，貼補家用，當很多同年齡的孩子還在當屁孩，每天騎著機車把妹，在街上亂竄的時候，大叔已經提早進入社會，寒暑假兼差當導遊，下了課就去民歌餐廳駐唱，偶爾還要去音樂教室教吉他，因為是「負二代」，所以特別珍惜每一個工作機會，那些年的服務熱忱，反映在客戶的貼心回應之中。

這些年幾經流浪，許多書信文件都已消失，這些資料是塵封在哥哥家中，從那小學時代就開始用的書桌裡找出來的。

原來，當年的自己，是充滿了理想與幹勁，只希望把自己最好的服務，帶給每一位參加畢業旅行的同學，畢竟，每個人的大學或大專畢業旅行只有一次，雖然，這些同學們早已嫁做人婦或是為人父母，相信這些美麗回憶，能夠帶給他們一段永生難忘的快樂時光，這應該也是當年的我，一直追求的人生目標。
或許，這些年經歷過太多悲歡離合，讓自己變得世故，卻在翻起這些貼心留言之後，回頭想想自己，是不是也該把當年的開朗熱情，重新找回來，讓自己的生命，不要留下太多的悔恨與遺憾。

凡走過必留下痕跡，人總在錯誤中成長，只要用心去感受他人的感受，得到的不是金錢，而是無價的回憶。

不知不覺我們都成了彼此生命中最美的過客，

帶著各自的故事，在塵世遊蕩。

流浪在不同的城市裡，在兩個相似的空間中，

看著相同的日出日落，度過每日的柴米油鹽。

所有的結局都已寫好，所有的淚水也都已啟程，

卻忽然忘了，生活是怎麼開始，又怎麼走到現在。

翻開那發黃的扉頁，命運將它裝訂得極為拙劣。

一讀再讀，卻不得不承認，青春，是一本太倉促的書。

而那曾經熟悉的笑容，

像發黃的書頁，逐漸隱沒在日落後的山嵐中。

當夜幕來臨之時，會不會突然想起那個人，讓

心，有片刻的痙攣。

照片故事：

台陽礦業事務所的前身為1903年，顏雲年與蘇源泉等數人所組成的「雲
商會」，與日人共同管理礦務開採。1918年，日人完全退出泉台芳礦
山的礦權與設備，以三十萬完全讓予顏氏，二次大戰期間，受到國際情
勢的影響，1943年瑞芳礦坑工，而臨了最大的危機。1945年日人結束
統治，此時台陽公司由國民政府接收管理。1970年，台陽礦業事務所
結束營運。照片是來拜訪水湳洞的朋友，正值黃昏，拍下了黃金夕陽灑
在昔日金碧輝煌的九份山城。

第一次面臨生死關頭是在 16 歲的時候，為了幫一個學弟把妹。

在高二放暑假的前夕，學弟請大叔幫忙，可不可以陪他去找一位學妹聊天。剛好考試結束，我們兩個就從豐原高商的學校宿舍，騎腳踏車到東勢，去找學弟心儀的可愛學妹。學妹水汪汪的大眼睛，可愛的馬尾辮，似乎深深吸引著學弟的賀爾蒙，滿心期待的學弟就像是掉進了黑洞一般，賣力地踩著腳踏車的踏板，向前疾速狂奔。我在後方苦苦追趕，就總是落後一大截，學弟是自行車校隊，只是看他比賽的時候，好像也沒這麼拼命……

到了東勢，已是晚上八點，學妹帶著她的鄰居一起赴約，也是個可愛女孩。正好，我想去看看開學之後要辦露營的活動場地，在往大雪山的路上，一個叫烏石坑的地方。會魯莽的決定在大半夜去荒郊野外，其實是想要製造機會給學弟，希望他可以好好把握機會，伸出愛的魔爪，將學妹一舉成擒……

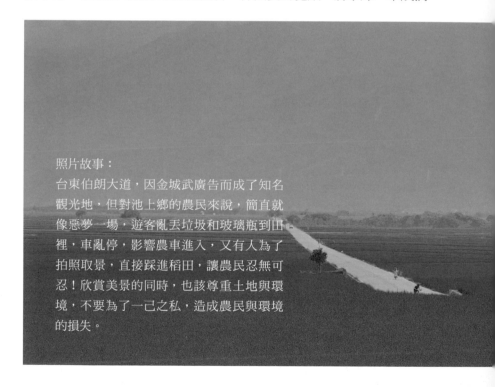

照片故事：
台東伯朗大道，因金城武廣告而成了知名觀光地，但對池上鄉的農民來說，簡直就像惡夢一場，遊客亂丟垃圾和玻璃瓶到田裡，車亂停，影響農車進入，又有人為了拍照取景，直接踩進稻田，讓農民忍無可忍！欣賞美景的同時，也該尊重土地與環境，不要為了一己之私，造成農民與環境的損失。

在一個多小時的奮力踩踏之後，終於到了烏石坑旁的小涼亭，這裡有個賣雜貨快炒的小吃部，旁邊還有條清澈的小溪，我們一行四人，在大半夜來到這荒山野嶺，實在是很熱血。

這時學弟熊熊男性的魅力已經到達頂點，像是個快炸開的壓力鍋，然後明示兼暗示這個五百燭光的學長，趕快支開學妹帶來的鄰居，貼心的學長當然明白學弟的意思，就告訴學妹說：「我想去溪邊洗洗腳，順便看看有沒有螢火蟲」，可愛的學妹鄰居就只能無奈地跟我一起，就把學弟跟學妹留在涼亭。

這天是個有著微微月光的夜，溪水冰冰涼涼的很舒服，我與這位新朋友就在河邊的石頭上，有一搭沒一搭的聊著。高中的生活，是情竇初開的年紀，每個青春期的男女們，都期待著被理解、被重視、被關注、有人陪伴。這個時期的年輕人，總是會做出許多瘋狂的事。

跟學弟的緣分，是當年在高一下學期加入了吉他社。那年的吉他社，很式微，學長姐為了拚升學，很少人願意參加社團。在三十年前那個保守的年代，升學是唯一光宗耀祖的路，不愛念書的大叔，很喜歡跟學長姐們混在一起，在某一天社團課的時候，吉他社只有七個社員來，大叔是最年輕的。

學長姐們說，該選出新社長了，二年級以下的社員，都有資格參選。「學弟，你也可以喔！！」社長指了指我，然後大家到講台前…… 現在你們五個，來選社長，你們猜拳吧！

不知道這是不是所謂的民主，還是學長姐們故意設計，大叔竟然猜拳贏了，
當選了豐原高商吉他社下一任的社長，開啟了高職生涯最輝煌的歲月。

就在升高二那年新學期開始，可能是當年的學校都是女生的關係，加上台灣
獨立樂團開始流行，吉他社的招生十分順利，竟然招了兩百個新社員，學弟
是少數的男性社員，又是體育班的學弟，就跟這學弟走得比較近，所以也比
較有交集……
學弟雖然歌唱得普通，不過吉他彈得還可以，所以每次社團課，大叔都必須
跑三間教室輪流教學，實在忙不過來，學弟有時候就會充當助教，協助社團
課的順利運作。

月光昏暗，學妹鄰居似乎也聽得很開心，不知道學弟跟學妹進展得如何，就順口問了學妹鄰居說：「你覺得學妹喜歡學弟嗎？」學妹鄰居似乎有點尷尬地回答：「還……還好耶，今天是學弟跟她說你要來，她才願意出來的！」
啊，怎麼這樣？
學妹鄰居給大叔的答案實在很耐人尋味，其實我跟這個學妹一點也不認識，還是透過學弟我才知道，那……今天不知道學弟跟學妹之間，會不會有個很好的發展……

聊到這裡，可能是溪水太涼，刺激了內在小宇宙的溫度，想要上個廁所，在大自然中解放是一種很舒服的事，而大叔在當下卻犯了一個全天下男人都會犯的致命的錯誤，當雙腳踩在濕濕軟軟的草地上，加上天色昏暗，就在解放結束之後，右腳板卻傳來一陣刺痛……

「啊～～有蛇！！」
台灣的荒郊野外，時常都有蛇的蹤跡，尤其是水邊，有些蛇類是夜行性，台灣最常見的毒蛇種類大約有五種，而中部山區大約有三種。龜殼花毒為血液毒，以上顎演化完全的毒牙放毒。百步蛇棲息在山區或叢林帶，尤其是有陰蔽良好的石頭處或是矮山坡地。雨傘節是台灣毒蛇中毒性最強的屬神經毒。台灣雨傘節全身有黑白相間的條紋。根據台灣毒蛇咬人的記錄，雨傘節排第三位。

不過若就死亡比例，雨傘節的毒性排行第二位。

剛被蛇咬下去時，因為夜色昏暗，原本想伸手去看看咬我的到底是誰，但又害怕手部再次被咬，只好用力踢腳，沒想到這一踢，蛇飛得老遠，犯了第一個錯誤。在野外求生的過程中，被蛇咬之後，最好看清楚蛇的特徵，在送醫之後，醫院才能判斷該使用何種急救方式，與血清種類的使用。

可愛的學妹鄰居連忙將我攙扶到小涼亭處，這時終於可以清楚的看到傷口，兩個小女生緊張得不知道該怎麼辦，學弟也開始緊張起來，反而是我十分鎮定，指揮著學弟拿瑞士刀，用打火機消毒後把傷口切開，然後告訴兩個小女生，去找電話報警，告訴警方我們現在的位置。

這時傷口不痛了，學弟將傷口切開，試圖將毒液用嘴吸出，大叔把腰上的皮帶卸下，綁在大腿處，讓蛇毒不要太快循環到全身。這些急救常識，真的要感謝父親，小時候常會去租一些動物奇觀的錄影帶，再加上媽媽很怕蛇，在那個網路不發達的年代，很愛跟哥哥去圖書館，就會翻一些動物奇觀或是野外求生的書籍來看，當然還有老夫子漫畫。

大約過了二十分鐘，一台民用車出現在涼亭，下來一位原住民山青，原來是警局接到小女生的電話，以為是亂打電話的，就請附近居民來看看，沒想到是真的發生意外，這山青就立刻把我扶了上車，當下我還告訴學弟先陪著學妹在涼亭，根本還在擔心學弟沒有達陣，還在製造機會給學弟，而學妹擔心到醫院我沒人照顧，就先請鄰居小妹上車，陪著我一起趕赴醫院。

在車上，開車的原住民大哥拿出了一瓶金門高粱，裡面繞曲了一條不知道是什麼樣的東西，還有一些草根，要大叔喝下去…我說：「大哥，這個喝下去應該會加速中毒吧！！」大哥用很原住民的口吻說：「不會啦，裡面有泡解毒的藥啦，你不要放心，我們被蛇咬都喝這個就會好了！！」
「好吧，那我就喝了……」
顛簸的山道上，那火辣的口感實在很難下嚥，從不喝酒的大叔，當下只能相信那原住民大哥說的。

34

這是大叔的生命歷程中，第一次遇見台灣原住民，雖然在電視上看過，教科書裡也看過吳鳳的故事，在當時的時空背景中，我們似乎對原住民有很多的偏見與誤解，也因為這次的緣份，開啟了大叔探索台灣的熱情，當然，這又是另一個單元的故事了⋯⋯

也不知道是酒精的揮發，還是蛇毒攻心，到了東勢鎮上的醫院，大叔的意識開始逐漸模糊，不知道怎麼躺上了病床，也不知道醫生做了什麼，只覺得牙齒裡面的神經又麻又痛，腦子也不太清楚，只知道當下好想好想睡覺，這種輕飄飄又很舒服的感覺，真的好棒啊！

在半醉半夢半清醒中，隱約聽見護士小姐急促的問，「你家裡電話多少，你叫什麼名字，你不要睡著啊⋯⋯」

醫院在半夜兩點發了病危通知給彰化的家人，哥哥接到電話之後，從睡意朦朧中突然驚醒，隔天父親與母親還必須工作，所以哥哥連忙穿衣，帶了幾千塊，騎上他的王牌 135 機車，油門全開一路狂飆，不到一個半小時就從彰化殺到東勢的醫院，深怕他這個白目的弟弟，一命嗚呼。等哥哥到達東勢的醫院時，我已陷入深度的昏迷。

是夢嗎？眼前來到一個隧道，這個隧道有六種顏色的光貼在隧道的牆上，像是萬花筒般，紅黃藍綠紫白的光線與煙塵輪流變化，隧道前面不斷有強光射來，大叔獨自走在隧道裡，隧道裡又出現了我從小到大的記憶，就好像是一部監視器快轉的畫面，每個畫面是那麼的深刻，卻又那麼的快速，又那麼的透明，這是夢嗎？？我在哪？

腳下好像是一部快速前進的手扶梯，一直往隧道出口推進，出了隧道口，眼前是一個十分美麗的花園，花園邊緣是一條小河流，要走到花園之前，是一條紅色古典風格的石橋，對面的花園有一群人，在跟我招手，這些人，看起來有些模糊，只有兩個不太一樣，是很真實的，一個是瘦瘦高高的男人，穿著靛藍色的長袍馬褂，看起來跟父親有點神似，卻比父親來得清瘦，另一個是有點福泰，穿著有華麗刺繡花鳥的旗袍，是個貴氣的婦人，笑起來很溫暖，感覺似曾相識卻又很陌生……

其實當下的感覺是輕飄飄的，又不想走過去花園，但一股莫名的力量推著我向前。對面的那兩位熟悉的陌生人，一直對大叔招手，感覺是要我走過去，不要害怕。正當快要走上那古典的石橋時，好像聽到廣播，有點像社區廣播的聲音，是一個很有威嚴的聲音，口氣像是有點責備，又好像是訓斥的說道：

「你時間還沒到，回去！」
這句話一出，我不由自主地轉身，開始百米衝刺，跑進隧道裡，隧道的上方，出現了一個像雲層的漩渦，漩渦裡伸出一隻手……

突然，我回到醫院，雙頰覺得有點疼痛，眼睛張開，看見一個熟悉的臉孔，旁邊還有個穿白色制服的可愛小姐，還有學弟、學妹、學妹的鄰居，那個讓我雙頰疼痛的人，是我哥……

旁邊的護士小妹說：「還好還好，醒來了，醒來就可以讓他睡了。」

第二次醒來是快接近中午，哥哥躺在旁邊睡得很熟，學弟與學妹也累癱睡著，護士小姐進來幫我換藥，這時我才看見傷口，是兩個飯粒大小的傷口，還有一條應該是刀傷，我才問護士小姐，發生了什麼事…

護士小姐說：「你運氣真好，醫生判斷你應該是被雨傘節咬傷，但還是多打了兩劑其他毒蛇的血清，以防萬一，你昨天差點就回不來了，不過休養兩天應該就可以出院了，晚點醫生會再來幫你評估狀況。」這時，哥哥聽到護士小姐的對話，也醒過來，劈頭把我罵了一頓，我知道他是受了不小的驚嚇，那就讓他好好的罵一罵。罵完之後，哥哥還是問我餓不餓，要不要吃東西……

自從出院之後，人生似乎有點小小的變化，原本念書有點遲鈍加上閱讀障礙的大叔，領悟力似乎變好了一些，第六感也比過去敏銳不少，從高中之後也發生不少超自然的故事。後來才知道，那次經歷的是瀕死經驗，老天爺要大叔回來，一定有祂的原因。真的很感恩，也謝謝把我從鬼門關前帶回來的學弟妹、醫生護士，還有那位原住民山青大哥，還有在昏迷時一直打我巴掌的哥哥，還有付醫藥費的爸媽，還有照顧我三天的學妹鄰居。你一定想問，到最後我的學弟有沒有成功達陣吧？

其實真的不知道耶，聽說現在學弟已經結婚，小孩都很大了，老婆好像也不是那學妹，不過沒關係，他們過得幸福就好，也算是個美好的結局吧！

後來有把這過程說給父親聽，並形容看到那兩個人的樣貌，父親說：「那是你爺爺跟奶奶的樣子……。」
但大叔在台灣高雄出生，而且出生之前，爺爺奶奶就在文化大革命的時候被鬥爭，死在中國，當時父親來台灣，也沒帶著爺爺奶奶的任何照片，更別說見過他們……

所以大叔到現在一直沒有辦法解釋這些事情，只能說，眼睛看不見的，不代表它不存在。從那次瀕死經驗之後，大叔對於未知的世界仍充滿了好奇，也不會對於任何事情，抱著不可能發生的鐵齒態度。

這世界有太多奇妙，也有太多美好，我們應該用更開放與求知的態度來探究未知的宇宙，不要把自己的生命白白浪費，也不要太過沉迷於宗教中，畢竟所有的宗教儀式，其中都有許多人為因素，信仰是存在於每個人的內心當中，試著去探索自己的內在，探索宇宙未知，信仰可以獲得，可以被塑造，也可以被拋棄。雖然有不少宗教對信徒的離開有嚴格限制，但根據聯合國的《世界人權宣言》，人是有選擇宗教、或選擇不信仰宗教的自由。

宗教與信仰是兩種不同的層面，一些信仰宗教的人很多時候會求神幫助改變一些事情的發生。但內在的信仰不是單單要求神幫助，去改變外在環境發生的事情，更重要的是信仰能幫助我們內心思想的改變，擁有面對逆境的能力。

不論如何，我們都要相信這世界還是有許多未知，自己內心必須保持良善。多行善，福必近；多為惡，禍難遠。不奢求，心易安；不冒進，則身全。大智者必謙和，大善者必寬容，唯有小智者才咄咄逼人，小善者才斤斤計較。大才樸實無華，小才華而不實，大成者謙遜平和，小成者不可一世。有大氣象者，不講排場，講大排場者，露小氣象。
（氣象在此解釋不是指氣象報告，代表一個人的氣度、氣勢與胸襟。）

真正優雅的，必定有包容萬物、寬待眾生的胸懷。真正高貴的，面對強於己者不卑不亢，面對弱於己者平等視之。

心小不容螻蟻，胸闊能納百川。順境淡然，逆境泰然。
不自重者取辱，不自足者博學，不自滿者受益。
內在心若不善者，拜啥都沒用……

任何事都沒有永遠，也別問怎樣才能夠永遠。
生活有很多無奈，請盡量去充實自己，充實屬於你的生活。
誰都不知道今天過去，明天會如何，
現在要做的就是善待眼下的這一分鐘、這一小時、這一天。

心存美好，則無可惱之事；心存善良，則無可恨之人；
心若簡單，世間紛擾皆空；心若平靜，不掀驚濤波瀾。
做好人，身正心安魂夢穩；行善事，天知地鑒鬼神欽。

你若不疑，人間不寒。你若不離，世界不遠。
你若不恨，蒼天有暖。你若不語，四海昇平。

2004 年，抱著尋根的心態去中國發展。

因為工作內容的關係，跑了很多省份，雖然語言會通，但觀念不同；飲食相同，卻吃不出家鄉味；空氣相同；但多了說不出的壓力與焦慮，這真的是父親的家鄉嗎？真的要謝謝父親，在台灣生下了我們，可以自由地呼吸，說自己想說的話。

跟中國的朋友相處久了，談起文革的議題，可能對於大叔這台灣人有許多的顧慮，不敢吐露真相，要不就避而不談，感覺中國的保密教育做得比台灣扎實，是什麼原因讓中國人不敢談起自己的過去？是教育方式使然？還是存在著祕密警察或是全民監聽？這點大叔一直不太明白，直到後來比較熟悉了，才從某些知識分子的口中聽到許多真相，這讓大叔對中國現在的治理方法，有了很大的改觀，中國的思想教育真是徹底，追求自由民主的人，早都想辦法移民，剩下的，是否就只能當個沉默不語，沒有自由意識的老百姓，隱晦的活著。

去了中國，才知道現在那裡是一個跟台灣完全不同的國家，在中國住了兩年，跑了很多地方，小時候聽父親說過他印象中的中國，還有他生長的環境，聽起來是那麼的親近，想起來卻那麼的遙遠。因為戰亂，父親十四歲時就被奶奶送離開了山東，跟著國民黨逃來台灣，雖然他兒時的記憶很深刻，但聽到「共匪」這個名詞，對大叔而言卻是一種恐懼。

國共內戰，許多人民流離失所，只能吃草根啃樹皮，挨餓飢荒，民不聊生，文化大革命，破四舊立四新，加上農民大躍進，紅衛兵的造反有理，那個年代在台灣，許多資訊不透明，卻常常聽到這些名詞，教科書裡也有寫，那從沒見過面的爺爺跟奶奶就是大地主黑五類，在那個悲慘的世代，被活活鬥死。

當年台灣執政者的洗腦教育非常成功，所以學生越會讀書，中毒越深。其中有部分後來經過真相洗禮的過程中，得以「解毒」，就好比農民曆後面的解毒表一樣，閱讀了台灣真正的歷史事件，就好比吃了地漿水跟雞屎白，馬上化解洗腦之毒，明白了當年的時空背景，雖然跟地漿水還有雞屎白一樣難以接受，卻讓出生在台灣的我們，對於洗腦課綱這件事，感到無奈又遺憾。但有部分的人則沒有覺醒，不僅認同洗腦內容，甚至予以內化，就好比把原本這些難以下嚥的藥方，永遠拒於口腔之外一樣，良藥本苦口，很多人卻寧可病死也不要苦口。戰後的台灣史就是這樣，怪誕而不可理喻。以前在學校學了許多「錯誤」的知識或價值觀，在這個資訊泛濫的時代，歷史真相解密越來越清晰，也在去了中國這兩年的經歷中看見矛盾。所以無論洗腦教育如何將黑說成白，但真相卻會讓製造假相的人越發難堪。

1987年11月2號，台灣政府開放可以到大陸探親，依稀還記得父親很開心，想了很多辦法才找到隔離三十多年的家鄉親人，在開放探親的兩年之後，才聯絡到還記得父親的舅媽，大叔要叫舅奶奶，問到了那可以回鄉的地址。父親與母親帶著既陌生又滿懷欣喜的心情，踏上了歸鄉之路……

父親從中國回來，聽他形容，當年中國的生活環境十分落後，人民生活水平很差，兩岸隔絕了三十年的改變很大，父親想去上個香，卻連爺爺奶奶的墓都找不到，還理所當然的來了一堆要美金、要家電、要黃金，那八竿子打不著的親戚。去了幾趟所謂的「家鄉」，父親再也不想回去了，因為在中國的那個家，早就沒了祖訓，沒了優良傳統，沒了田產宅居，就連一絲絲的回憶，也被現實環境所淹沒。

後來，中國的親戚一直要我們回去發展，聽說當地政府給我們的條件很好，可以還給我們一棟五層洋樓，還提供許多經商優惠。只是，在那個「人治」的地方，有關係就沒關係，沒關係就得找關係，在一切都要靠關係的地方，想老老實實地做生意，應該是不太容易的，如果不順著他們的意，自己本事又不夠，那麼生意要永續的做下去，可就難了。這點在台灣的創業環境就好多了，只要肯做，實在經營，要吃飽真的不難。

要真正了解一個地方，就花點時間去住在那，跟他們一起生活，在那兩年的時間，看得還不夠多，中國太大，沒花個十年八年，是沒辦法真正深入各地，了解風俗民情，不過這兩年的經驗，卻著實很寶貴。

小小的台灣島國，短短幾年變化很大，以前的孩子都很有禮貌，會尊敬長輩，現在的孩子很自主，有自己的想法，這十幾年來的教育改革，成就了現在的台灣。

身為六年級的大叔，經歷過台灣經濟起飛到台灣產業逐年衰退，在各種媒體的推波助瀾下，選邊站似乎是撕裂台灣的主因，而中生代的我們，卻在回歸與主權這兩個議題中不斷的拉扯，不斷爭論，但現在的我，真的不想去中國居住，也不想被中國統治，哪怕中國錢有多麼的好賺。

二十年後，或許中國的生活環境會比台灣現在還要艱困，環境的污染更加劇烈，雖然台灣到現在在谷底盤旋，但至少，我們的空氣還是自由的，人民還是樂觀的，台灣雖然經過了許多風風雨雨，卻也因為如此，許多的歷史真相也逐漸浮現，當我們試圖從歷史中汲取前人經驗，當作未來借鑒與自我檢討時，卻發現歷史並非全部都是如我們所見的，而是被加工美化過的。

或許真正還原出來的歷史本貌並不是最美麗的，但卻是我們最想了解與看見的。幸好，台灣新一代的年輕人，已經慢慢覺醒了，這是值得期待的。

一些事情，當我們年輕的時候，無法懂得。當我們懂得的時候，已不再年輕。世上有些東西可以彌補，但有些錯誤無法彌補。人生有些時候可以擺爛，但時間永遠無法倒轉！我們應該誠實面對自己的過去，檢討錯誤，並將得來的經驗分享給下一代，讓他們記取教訓，才能踏實的進步向前。

愛台灣的朋友們，真的勸大家可以去中國住上一段時間，去深入中國的生活，你就會發現，台灣真的不是鬼島，只是被一群鬼亂搞，認真思考，這樣真的不好，珍愛台灣，相互擁抱，要感恩與驕傲！

2004 年，大叔在中國從事風景區開發的工作，才真正見識到中國生意人的狠勁，還有毫無商場誠信的商業模式。當時，中國的官員說的話，大叔到現在還記得。那從中國官員口中說出最經典的劇本是，「台灣根本不需要用武力攻打，我們會用錢買，因為台灣人太愛錢，從企業到官員，沒有用錢買不動的，先併購你們的公司，再買斷你們的股市，在買光你們的土地，只要我們跟你們傾中人士裡應外合，台灣遲早會回歸的⋯⋯」

2015 年的今天，看完馬習會，真的明白了當初中國對台政策的布局，果然十分有遠見，台灣對中國來說，只不過是個特別行政區，而且台灣政府這幾十年來的教育改革也十分成功，反正政府說什麼都是對的，不能反駁，以前小學的時候教我們反共抗俄，消滅共匪，保密防諜人人有責，長大之後卻要我們聽中國的話，不能在國際場合秀中華民國國旗，唱國歌，或是稱呼自己是中華民國或台灣人，不然會激怒中國，這是啥邏輯呢？

真的很想拋開對立、拋開意識形態、拋開政黨、拋開成見，或許只有這樣，才能重新找到自己的定位，當一個堂堂正正的台灣人。現在的中國，已經不是父親那個年代的美麗山河秋海棠，經歷了文化大革命之後的改革開放，這個中國，已經不是教科書裡的那個，現在這個台灣，也已經不是四小龍的那個台灣。

或許真的需要重新審思，才能找到台灣未來的定位與方向⋯⋯

在中國的經營，並沒有想像中順利，跟官方合作更是糟糕，一旦獲得了他們想要的利益，就會想盡辦法整你，把台灣的創意跟專業抄完之後，你就沒用了。在中國的投資與兩年經營，宣告失敗，不過細節就不在書中公開了，總之是非常的瞎，回到台東，口袋只剩下 29 元，幸好，還活著回來，不過是歸零了，不過是從頭再來。

摔跤了，不要哭，再爬起來，站起來笑一笑，拍拍塵灰，繼續奔跑。
正視人生的每一個挫折，適應人生的每一回起伏，
吸取人生的每一場失敗，利用人生的每一個坎坷，
平衡住自己的氣息，調整好自己的心態，人生就一條路，走不通就轉彎。
上帝不會特別眷顧誰，除非你帶著特別的任務，祂就會一而再再而三的考驗你。
華麗的跌倒，勝過無謂的徘徊；哪怕敗得徹底，就當趕上了命運的另一盛宴。

人生的許多平凡，常歸因於一個字：「怕」。
怕得到的會失去，怕摔跤後再也起不來，在怕中畏首畏尾，
在怕中自我設限，人生最終裹足不前。
告訴自己，就算摔了再大的跤，生活還是得過。

但大叔卻不知道，這後面竟隱藏著更大的考驗，正在隱隱蠢動……

成長就是難過得快死掉了，第二天還是照常去上課上班。
得意時，光陰總是倏然而過，還沒有好好享受，美好就消逝
得了無影蹤。
失意時，則覺得流年緩慢，秋風與春花的距離是那麼遙遠。
沒有人知道你發生了什麼，也沒有人在意你發生了什麼。關
於未來，只有自己才知道。既然解釋不清，那就不要去解釋。

想來人只有在閒淡時，才有機會掰著指頭細數日子。
只是有時數著數著，天就亮了，春就來了。
沒有人在意你的青春，也別讓別人左右了你的青春。
只是有時埋頭苦幹，人就老了，髮也白了。

人生應懂得濃淡有致，莫忘了時光有時候是用來奢侈的。
有時候靜坐一日比忙碌一天，會收穫更多。
就在珍惜光陰的同時，也該好好的享受自由。

做真實的自己，不要為了取悅別人或試圖成為某個人。
做你最原始的自己，比做任何人的複製品都來得好，
每個人都具有獨一無二的個性，也有與眾不同的天性。

人生像四季開放的花朵，
有的在春天開，有的到了夏天開，有的到秋天開，有的要冬天開。

如你是一株含羞的小花，
想要綻放美麗的色彩，就得忍受寂寞的成長；

假如你是一株北國的櫻花，
想要沐浴溫暖的陽光，就得忍受冰冷的黑暗。

開放人生也是一樣的，
有的人在青春時期洋溢出了光彩，
有的人到了中年時候才閃閃發光，
有的人要到了老年以後才像炸彈一般爆發出來。

忍過黑夜，天就亮了；耐過寒冬，春天就到了。
所以，只要我們肯付出，會有開放的一天。

為了要出書，整理了這些年來的照片，每張照片背後都有一個故事，這張是
2008年（當年還沒有使用臉書，也還沒開始寫文章），一位老朋友遠從台中
來看大叔，大叔去杉原海邊撿了很多椰子請他喝，當年真的又瘦又黑，以一
個遊民來說，看起來真的好健康啊！！

2008 年，是超級低潮的一年，這一年當中，除了失去了愛情，這場恐怖的愛情災難更將大叔多年來努力賺來的豪宅民宿與經營七年的公司全部淹沒，從一個管理顧問公司的老闆，一夕之間變成遊民，在台東四處流浪。

餓了，就去海邊田間採集野菜海螺，渴了就跑去學校或是機場取水，有時運氣好，還可以撿一些資源回收，換一餐溫飽，這樣的生活過了半年……

某一天的早上，在台東機場外面的涼亭醒來，被要搭飛機北上的朋友發現，問我為什麼睡在這裡，當下大叔並沒有說太多，就簡單的回了一句，「這裡比較涼」，然後轉身收拾隨身的物品，就開始一天的採集生活。

後來有些朋友發現大叔變成了遊民，只要有打工機會就會聯絡我，有免錢飯菜就會找我，還有一個住在台東的達悟族朋友，會拜託我去台東的某個餐廳拿剩下的廚餘或是燉湯的大骨，要去餵他山上的狗，大叔也會把大骨上的殘肉吃個精光，再把還能吃的廚餘整理一下，當成隔天的一餐。

這樣的日子，說真的，是第二次變成遊民，大叔並不敢告訴親人，因為是自己造成的結果，就要自己承擔，實在沒臉回去跟父母親討拍，也不敢對朋友求援……

就在大叔連最後的棲身之所都沒有之後，選擇輕生……

那是一個艷陽天，前一天早上，大叔請都蘭的藝術家范志明大師來曾經屬於大叔的豪宅民宿，家裡還有很多能用的工具、家具以及很多回憶，告訴范大師，這些生財器具、音響設備還有家飾家具都還能用，這些東西給你，相信你可以物盡其用，我也比較放心，因為這些東西，我應該再也用不到了…

范大師帶了四個朋友，兩台貨車，花了一整天才清完這些東西。
清完這些身外之物後，范大師還請我吃了一頓飽飯，但他並不知道，這可能是大叔人生的最後一餐…

花蓮七腳川阿美族出身的范志明，雖然從小汲取母體文化養分，創作上其實並沒有帶著太濃厚的原民色彩，都蘭 10 年，他的作品向來以大型公共藝術為主，最擅長鐵塑，也常運用漂流木當作複合媒材，並且憑著先前在都市累積的工程結構概念、焊接技術、空間規劃與攝影美感等實作經驗，他優游於公共入口意象設計、舞台裝置、廢棄建築設計改建，以及漂流木裝置等各個領域。

是大中午，來到台東的加路蘭漂流木公園，寫了一封簡單的遺書，跟父母道歉，全身上下，只有兩百塊的零錢，加一支能接不能打的 nokia 手機，還有一部打檔摩托車，就放在公園裡的廁所旁，把這些身外之物放在摩托車上，遺書用拖鞋壓著，手機跟零錢放在置物箱內，鑰匙就插在車上，如果有人發現了，至少可以讓遺書回到父母親身邊，安排好這些，就緩緩地往海邊移動…

太平洋的水，是溫暖的，好像回到了母親的懷抱，選擇回到大海，是因為我喜歡海，喜歡這片湛藍，喜歡吃魚，在陸戰隊服役的時候，大叔曾在兩棲單位受訓，對於海洋的熟悉，也讓我選擇用這樣的方式來結束自己的生命。

選擇中午這個時間下海，大部分的漁民都已經到外海去，海巡也會以為我是在潛水，在海上載浮載沉，比較不容易被發現。就這樣，太陽慢慢往山邊靠攏，大概經過了一兩個小時，還能看見美麗的都蘭山，順著海流，看能漂去哪，萬一沒辦法到天國去，或許可以去日本國或是菲律賓國重新開始…

2008 年東海岸漂流木裝置藝術展作品名稱：堅持‧期待‧美好的燦爛作品註釋：地球只有一個，每當太陽從東海岸緩緩升起，照耀大地，身為地球人的我們，要珍惜大自然給我們的一切，從今天開始，要更用心的愛護地球，保護我們生長的家園，未來才能給子孫在舒適的天氣當中，欣賞美好又燦爛的自然美景。

沒想到，在海上漂流竟讓腦子越來越清晰（叔叔有練過，小朋友不可以學），這麼多的不甘願，竟然是想通人生的動力，從念書時被同學看不起，在民歌餐廳走唱遇到流氓，出社會之後遇到爛老闆、爛同事，感情也從來沒好過，連最親密的人也要來唱一首「背叛」，大叔開始不怪他們，來找找問題，原來這一切的結果，大起大落的人生，問題的根源都在自己身上⋯

太聰明卻不懂裝傻，太強勢卻不懂退讓，太認真卻不懂放鬆；
太要求卻不懂自省，太自大卻不懂謙卑，太忌妒卻不懂欣賞；
無論做事，還是愛人，需要執著。你付出的，別人未必想要；
努力的，並非盡如人意。方向對了，哪怕路遠，也能抵達；
竟然有膽子尋死，為什麼沒膽子重新開始？
人生都摔到谷底了，既然還有一口氣，為什麼不試著再往山上爬？

人生最好的時光，總會犯上一些癡，一些傻。
哪一段青春不荒唐，哪一場愛情不受傷，哪一次跌跤不流血？
如果別人原諒了自己，為什麼自己還要往死裡去？
有些事，不管我們如何努力，回不去就是回不去了，那為什麼不能往前看？

在海上浮沉了好久，好像想通了一些事，雙腳開始打水擺動……
前方漂來一個浮球，就伸手抓了過來，遠遠的，好像看到了小野柳、富岡碼頭。這時候才發現，在海上漂了太遠，又餓又渴，現在想回頭該怎麼辦？

就踢水吧，想起當兵時的訓練，兩棲訓練中最
厲害的，就是海上長泳。
只是，在這樣的狀態下，不知道自己能撐多
久，海上雖然平靜，但岸邊真遠……
從現在開始，是一場求生意志與體力的戰鬥，
雙腳雖然在游，腦子卻不停在想……

人生來好像就背著一個背包，
裡面裝了很多沉重的東西，
這些東西是有生以來就安排好的，
不管你是否願意，這裡面有七情六慾、
喜怒哀樂、柴米油鹽、工作學習、父母家人、
同儕朋友、社會責任……

你可以選擇逃避，一走了之，但走了之後，又必須再來一次，因為沒有學完。
也可以選擇面對，好好學習，學習當個人，別當個畜生，因為當人很不容易。
我們的一生，有意無意都會傷害很多人，唯一不該傷害的，就是自己的父母。
為了兒女的幸福他們任勞任怨委屈求全，忽略自己的生活，折損自己的健康，就算背著兒女老淚縱橫，也從不怨悔曾經付出所有，卻可能沒有任何回報…我們遇到了一點小事，就要逃，逃去哪？？逃了之後，有多少人要為了你傷心？

時間在變，人也會變。

錢沒了可以再賺，事業沒了可以再拚，感情沒了可以再找，命沒了就啥也沒了。許多的事情，總是在經歷過後才懂得。一如感情，痛過了，才懂得如何保護自己；
傻過了，才懂得如何適時的堅持與放棄，在得到與失去中，慢慢的認識自己。
錯過了前面的人，才能有機會遇見後面的人，緣分永遠都是無法預訂的。
有一種感情叫無緣，有一種放棄叫成全。學會放下，生活就真的容易。

我們不要自以為是，別做一廂情願的傻子，要多些思考，顧及他人的感受。
一件事，就算再美好，如果沒結果，就不要再糾纏，久了會厭倦；
一個人，就算再留戀，如果抓不住，就要適時放手，久了會神傷。
總有些事，我們不願它發生、卻必須接受；
總有些東西，我們不想知道、卻必須瞭解；
總有些人，我們不能沒有、卻必須學著放手。
放下之後，才能裝得更多！
放手之後，才能擁有未來！

想通這些事情之後，天色也漸漸暗了，體力也虛脫了，意識也模糊了，離岸邊還剩下幾道浪頭，也不知道經過了多久，身體感受到地心引力的重量，四周沒有光亮，又乾又渴又餓又累，也不知道身在何處，但無意識地想離開海邊，就好像山上的螃蟹到海邊產完了卵，有著想回棲息地的強烈渴望⋯

又不知道昏睡了多久，醒來身邊多了一條大黑狗，緩緩地起身，夜色還是暗的，應該是狗兒用牠的體溫，讓我不至於失溫，身上的衣服也乾了，幸好是夏夜，瘋狂又愚蠢的自殘行為，終於有了一個好的結果，我還台灣，我還活著⋯徒步回到加路蘭公園旁的廁所，這次，目標很明確，不再迷惘，大叔要重新來過⋯

這個故事告訴我們，好的另一半會幫助你事業順利，生活無憂，糟的另一半會讓你傾家蕩產，四處流浪，尤其當你對感情太過執著，再加上選擇錯誤，是會讓你體驗完全不同的人生。回想過去那些日子，心裡是感恩的，沒有重重的摔一跤，不會知道誰才是真心對你好，沒有體驗遊民的生活，不會明白有一口飯吃，能安穩的睡覺多麼的幸福。

每一個生命中的貴人會以各種不同的形態出現，也會用各種不同的方法讓你明白，能活著是多麼的幸福，抱怨是多餘的，負面思考是愚蠢的，生命就該好好的健康的生活，不論當下面臨多大的考驗與艱難，都應該用正面的態度來面對，逃避永遠都解決不了問題。

做傻事很簡單，要再回來人間活一次很難，好不容易活著，就該用力活著！

各縣市生命線 1995 要救救我
各縣市張老師 1980 依舊幫你
自殺防治安心專線 0800-788-995 請幫幫、救救我

在低潮與焦慮的同時，大叔常會用很多話來鼓勵自己，如果自己
不給自己打氣，不給自己正面的能量與情緒，有些人給你的可是
更負面的東西。

就好像小時候用沙堆城堡，自己好不容易堆好，別的孩子就會來
破壞，人的情緒就跟沙堡一樣脆弱，你必需站在沙堡前面勇敢的
抵抗，沙堡才可以保存，情緒才能穩定！

所以保持穩定的情緒，除了要給自己正面的訊息外，
還需要有勇氣去排除負面的人事物！

當情緒處於低潮時，對任何事情都提不起興趣，要學會轉移注意力。
既然已經成為事實，就嘗試著去接受，去面對現實。

心境都是自己換來的，開心痛苦都是自己的想像，就該想開心的事。
不要讓別人影響自己的生活，除非對方給你正面的能量。
自己也別去影響他人的生活，只該想正面積極快樂的事。

別人的如何如何就隨它去吧，自己的如何如何就用心經營吧！

後來，想讓自己重新振作，開始找工作，但台東的工作真的不容易找，雖然還是過著採集的生活，資源回收也是養活肚皮的一種方式，幸好有一群藝術家朋友，在他們缺工人的時候會叫上我，有工錢領，還有飯吃，原來，自己並非一無是處，明明一身本領，卻搞到身無分文，四處流浪，真是一念天堂一念地獄……

今天會走到如此糾結，後來想想，都是自己的個性問題，自我要求太高。
認識自己的失去和欠缺，勇敢的面對和承擔，並繼續向前走，學著欣賞自己的生活，也享受生活的過程，這就是我們應有的人生態度。
有時我們會無數次被自己的決定或逆境擊倒，有時會覺得自己一文不值；但無論發生什麼，生活還要繼續！

到台東偏遠山區，長濱鄉南溪部落打工，搭鐵皮屋。

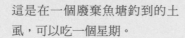

這是在一個廢棄魚塘釣到的土虱，可以吃一個星期。

比我努力的人那麼多，生活比我更慘的還有這麼多，有什麼資格抱怨。
事實既定，也改變不了過去的歷史，就該勇敢的接受失敗的結果。

唯一能做的，無非就是不斷增加自己的競爭力，一點點減少身上的負能量，
一步步讓自己從困境的窄門中擠出去，一吋吋的從谷底向上爬。
站得高一點，哪怕只有一點點，身邊的雜碎就少一點。

挫折和失敗後面，機遇總是會緊隨其後，有信心堅持下來總能成功。

絕大多數人，在絕大多數時候，都只能靠自己。

沒什麼背景，也沒讀什麼好學校，也沒什麼好運道。這些都沒關係。

關鍵是，自己決心要走哪條路，成為什麼樣的人，問問自己，怎麼面對自己的人生，準備過什麼樣的生活。

痛苦，實為我們終生的良師，磨難，亦是人生莫大的財富。若你真的想做一件事情，那麼就算是障礙重重，你也會想盡一切辦法去辦到它。但若是你並非真心的想要去完成一件事情，那麼縱使前方道路平坦，你也會是想盡一切理由去阻止自己向前。

不要因為別人的眼光而改變了自己；

不要把自己的軟弱展現給外人看；

不要把自己的狼狽述說給外人聽。

因為根本沒有人會覺得你很可憐，只會覺得你很無能很沒用。

什麼事情都要學會自己一個人承擔，因為沒有人會幫你。

什麼事情都要學會自己一個人堅強，因為凡事都靠自己！

一個人的涵養，是在任何時候都能傾聽自己靈魂的聲音。
居高時的慷慨只是一種施捨，得感恩今日還能順遂。
位低時的救助才是一種情懷，得捨得當下豁達開朗。
只有當人微言輕時，才能看得出別人是否在意和尊重。
把物質的東西看得越重，羈絆你的就越多，
學著把物慾降低，精神安詳，方能淡而致遠。

走出窠臼，找到夢想，堅持到底。
只有這樣，才有機會自我證明，找到想要的生活。

最佳的人生狀態不是沒有負面情緒，
而是能夠更好的應對它們。

有句話說，凡是殺不死你的，都會讓你更強壯。

學會讓自己安靜，把思緒沉靜下來，
慢慢降低對事物的慾望。經常自我歸零，
生活需要幾分輕鬆的對待，
每個人的心都需要幾分鐘的安詳，
學會在安靜中，不慌不忙的堅強。

命運不是機遇，而是自己的選擇。
不要把生活搞成一句句厭倦、抱怨、負面，
把許多美好故事都讓歲月送走、送遠。
生命的意義，就在於自己能堅持對生活的美好，
或讓它慢慢帶向美好，精神也逐漸清新、飽滿。
最小的正面信念，會逐漸積累形成生命中最大的力量。
活著，微笑，明天見，就是最美好的心願。

有時候，我們必須放下驕傲，承認是自己錯了。
不論是努力的方向，還是堅持的理想。
有時候，就只是單純的走錯了路，
這不是認輸，而是成長。
因為成長，才知道年輕氣盛的決定不一定是對的。

人生，其實就是不斷的面對，不斷的選擇，不斷的放棄。
能走多遠，不是取決於肢體，而是取決於信念。
敢於面對，成功遲早會笑臉相迎。

只有回不來的過去，沒有過不去的當下。
漫步人生，找尋自己精神世界的淨土。
不是所有的價值，都有一個計算公式，
不是所有的生命，都只應該打卡進出。

心是安靜的，也是淡泊的。
找到自己的心靈港灣，讓驕傲的個性放軟休息，
給自己一個擁抱，天亮，再重新檢視方向。

2012 年為了徒步環島才開始使用單眼，拍紀錄片，那時的大叔什麼也不會，什麼 ISO、光圈、快門都不懂，影片剪接修圖軟體也不會，沒錢上課，也沒錢買設備，就用台爛筆電，再加上不斷的錯誤嘗試，慢慢開始練習使用。

之前曾經做行銷的工作，每次遇到美編或設計師，就為了名片跟 DM 的製作，都會故意刁難我，因為不懂，所以逼著自己學。

也因為交過幾個不做家事也不會做菜的女友，為了生活，從打掃家務洗內褲，煮飯燒菜樣樣來，竟然還開了餐廳。

真心謝謝那些刁難我的人，沒有你們的苦苦相逼，不會造就今天的我，也謝謝那些嚴格訓練我的同事跟主管，還有前女友們。沒有你們的刁難，我絕對沒有現在堅強，仔細想想，人真的欠逼，一定要被人踩在地上，才會反省自己學得不夠。

喔，忘了謝謝那些打槍大叔的女人，很快的，六塊肌會跟大家說哈囉的！

有本事任性的人，也要有本事堅強。人生就是這樣大起大落，有驚有喜。
永遠不會知道下一刻會發生什麼，也不會明白命運為何這樣待你。
只有在經歷了人生種種變故之後，你才會褪盡了最初的浮華，
以一種謙卑的姿態看待這個世界。只有學會了謙卑以後，
生命才會慢慢的完整。

旅行會讓人謙卑，才會知道地球之大，
永遠都有與你截然不同的人、事、物在地球的某個角落發生。
見的世面廣了，也就不會把自己局限在小格局裡，
看的人事多了，也就能夠體會他人的感受。
見識廣了，心也更柔軟了，
也就不再憤世嫉俗，與人為敵了。

每個人的人生，都掌握在自己的手裡。

當年落難的時候，除了失去了事業與房子，還背上了五六百萬的負債，入不敷出的生活，僅能把每天的時間妥善規劃，除了要填飽肚子，還要面對債主，最可怕的是信用卡，循環利息跟高利貸差不多，當時卡債就有六十幾萬，真的很可怕，但生活還是要繼續。

找了一天，去跟銀行協商債務，把所有的卡債集中在同一間銀行，並約定每月最低還款額（後來花了五年時間把卡債全部結清），接下來還有房貸（房貸是拿媽媽桃園的房子，去買台東的民宿所產生的負債，結果台東的房子沒了，媽媽的貸款還是要還，結至這本書出版當天，大叔還有兩百多萬的債務要面對）。

每月一萬五的繳款，對於沒有固定收入的大叔來說，壓力不小，所以只要有打工機會，就不會放棄，所以雖然身在台東，還是很認真的工作還債。

曾經，哥哥叫我去跑船，嫁做他人婦的前女友當年更是三不五時的冷嘲熱諷，嫌我沒錢途，知道大叔負債的朋友也不如過去熱絡，但並不怪他們，人情冷暖不過如此。

花開花落，人情冷暖。難怪古時有許多的隱士，寧願盡情在山水之間，沉浸在酒水之中，躲避這種世態炎涼，不讓世俗打擾自己。但現在我唯一能做的就是積極面對現實，勇於去挑戰生活中的磨難。人活在世界上就要證明自己，證明自己是活著的，而且只要真心做一件事，沒有什麼做不了的。

所以大叔沒有放棄自己，也沒有被別人的嘴巴掌握未來，就是用小強般的意志，不斷告訴自己，「一定可以，一定會越來越好的」。

從２００８年到２０１１年，這段日子過著三餐不繼，寄人籬下的生活。只有一個字，就是「忍」，一直堅信終有一天可以回到正常生活的軌道上，慢慢的好轉，「堅持」就是回歸正常生活的最高指導原則，也一直相信不久的將來，會站在某個舞台上，鼓勵更多的人。

所以從２０１１年開始，每天就寫一點東西，並要求自己至少看幾篇網路文章，那時，還不太懂拍照，也買不起好一點的相機。

其實那段日子的生活，內心很複雜，不曉得為什麼當時自己要往火坑裡跳。我承認，我下海過，那段失敗的日子打擊太大，讓我不知如何是好，所以選擇下海……

只帶著一個蛙鏡跟一支螺絲起子，每天就靠採集跟野菜過日子，就這樣過了半年，爾後有朋友發現大叔居無定所，就提供了工作機會，日子才慢慢從遊民，回歸比較正常的生活。每一個人都有過不堪的過去，也受到了懲罰，當他有心想改變，就該給他機會，若是你看不起這些曾經犯錯的人，先問問你自己，如果你從來沒犯過錯，就可以用石頭丟他……

或許是因為這樣的經歷，讓自己漸漸開始喜歡這種流浪的生活，雖然每天要面對的債務壓力很大，但省下的每一分錢，都拿去面對負債，生活中也學會取之自然用之自然，慢慢的也累積了在野外生活的能力，回歸人類最原始的求生本能。

老實說，大叔還滿喜歡下海的……

照片故事：
阿美族人擅長在海濱討生活，海菜、海貝都是好食材；秋季的台東沿海常可見到阿美族人採集海菜的身影。這是在石梯坪休憩區，頂著寒風，在礁石上採集，有時浪大，十分危險。

自從慢慢回到社會的軌道，那失去的一切就像變了心的女友一樣回不來了，試著讓自己的生活更正常點，除了還保持下海的習慣，也必須面對龐大的債務，所以只要有打工的機會，哪怕是再粗重，再骯髒，只要有錢領就去，當然也不乏一些高風險的工作。

認真面對你的債務，每還一塊錢，債務就會減少一塊錢，所以省錢變成是生活中最重要的一環，當你很清楚知道每一分錢的重要性，最先減少的就是玩樂上的花費，對於一個整天負債的人來說，看一場電影，喝一杯飲料都是極奢侈的享受，如果你有看過《賭博默示錄》這部漫畫，大概就能明白箇中滋味……

下面的照片是台北市議員高嘉瑜，那年她剛出來競選，大叔則是協助台東縣農民北上行銷農產品，除了成立「台東大叔」農產行銷網站，也在活動中主持高麗菜的義賣活動。

回到機車這個主題，騎機車是省錢的最好方法，拿來跟開車、坐火車相比（坐火車只需要睡覺跟玩手機就可以了）。

騎機車需要很好的體力，這也是訓練耐力的好方法。因為工作的關係，常常騎車往返台東和台北，從台東到台北如果以今天的油價來計算，只需要花費450到550元就可以到達（坐火車從台北到台東需要近千元，換坐公車的花費也差不多，高鐵就不提了），萬一中途累了，就找個涼亭休息睡覺，餓了，就找超商吃東西，醒來再繼續騎。

前陣子聽到台中市修法通過，2021年起部分區域將禁行燃油機車，引發機車族強烈反彈。這些大老爺們，要我們這些機車族換電動摩托車當然可以啊，只是台灣的電動摩托車還不普遍啊，有時候這些養尊處優慣的大老爺們，可有想過我們騎機車有萬般的不得已，有錢誰想騎機車啊！就算立法之前，也該想想民眾的需求吧。

從２００９到２０１５年，為了生活，總共騎壞了五部機車，累積了將近三十五萬的里程數。

在大叔的人肉環島地圖記憶中，有許多秘密景點是可以睡覺的，還有些地方是可以免費洗澡的，這些資訊或許會在下一本環島工具書中曝光。

幸好大叔沒有什麼姿色，也沒有錢，一個人流浪會安全一些，不過很擔心，這些資訊曝光後，這些好地方不知道會不會被有心人給破壞或是占領，這樣的顧慮不是沒有原因，因為之前在台東常睡的涼亭，就曾經被遊民同業長期占據……

很多人看到我大包小包的騎車，都會好奇的問：「啊你是環島喔！」
我通常都回答說：「沒啦！我要去工作！」
還有人問：「喔~那你怎麼不開車呀！」　ㄟ……因為我沒有車呀！
然後還會問：「...啊..你從那裡來？？」
「從台東來，要去宜蘭……」
「你怎麼不坐車呀！！」
「騎車比較省啦！」

殊不知，大叔身上只夠油錢跟飯錢啦，能坐車早就坐了，你以為我願意
喔！！

新北市貢寮區，台灣最東岬，三貂角燈塔

一個人搭車，跟一個人騎車，都可以消化許多情緒，而機車也是很好的流浪工具，精打細算之下，騎機車是很省時省錢的。

除了沒辦法擋風遮雨，遇到寒流也很容易凍傷，除了這些缺點必須忍受外，機車真的是十分方便的交通工具。當然，選一部省油耐操的車也很重要，雖然換了五部中古機車，每部機車的價錢都不超過一萬五千元台幣，再加上定時定期的保養，維修上的成本也可以接受，當然就是省錢為考量。

當你負債的時候，就會學會如何節省，每省下一塊錢，負債就會少一塊錢。古人說：「由儉入奢易，由奢入儉難。」果然說得沒錯⋯⋯

大多數人坐車的時間都用來睡覺，滑手機，比較文青的會弄本書來看看！！而大叔喜歡騎車時探索世界，可以看到許多風景，還有許多有趣的人事物。不是大叔太天真浪漫愛騎車，不喜歡坐車其實還有一個重要的原因⋯⋯

就是大叔睡覺的時候打呼很大聲啦！哈哈哈！

好的，負債並不可恥，只要有心面對，一定可以再起東山。所以親愛的朋友，這就是大叔不喜歡參加吃喝聚會的原因，應酬飯，對大叔來說是痛苦的，尤其是跟一些完全不認識的人，或許對業務員來說是個開發客戶的好機會，這些送往迎來的江湖功夫，對現在的大叔來說，有點累了…

哪怕是跟一群漂亮小姐吃吃喝喝，都不如自己吃個便當來得自在！

是初老嗎？還是看淡人生？還是進入更年期？

當然如果朋友請客，大叔會婉拒，因為還有更重要的任務要去完成，下次如果邀約大叔吃喝玩樂的話，你們去就好了，保衛地球的工作就交給大叔了！！

其實大叔是要去多賺點錢啦，先把債務解決掉，才有更多的精力去紀錄更多真實的故事。請吃飯，真的很不好意思的，錢不好賺，三五十塊就可以搞定，大魚大肉真的有點吃不起啦，不如，你可以把這些錢給需要的人，大叔會更開心的…

花蓮靜浦部落，陶甕百合春天餐廳，阿美族廚神：耀忠

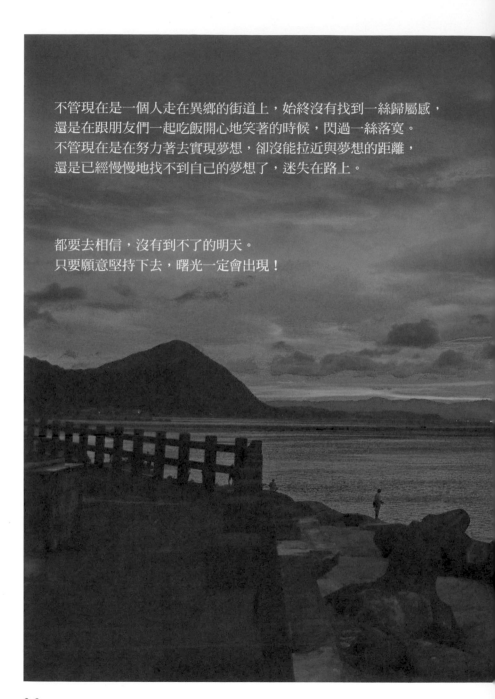

不管現在是一個人走在異鄉的街道上，始終沒有找到一絲歸屬感，
還是在跟朋友們一起吃飯開心地笑著的時候，閃過一絲落寞。
不管現在是在努力著去實現夢想，卻沒能拉近與夢想的距離，
還是已經慢慢地找不到自己的夢想了，迷失在路上。

都要去相信，沒有到不了的明天。
只要願意堅持下去，曙光一定會出現！

新北市瑞芳區鼻頭角休憩區停車場

大叔沒什麼錢，存款也被政府催繳健保費通通扣光了。
生命很短，混著混著也二十年的青春就用光了。

把生命最精華的時間都給了台東的偏鄉，做我能做的事。

對於拍過的那些照片與影片，終究會有它們的作用，只是現在看不出來，
或許有一天，它們會對社會產生正面的影響，是在當下拍攝時就知道的。

做事情不應該看錢的多少，而要看事情對未來的影響力。

如果你眼裡只看到錢，那麼夢想就只是為了有更多的錢。

如果眼裡看到的是夢想，那錢就只是完成夢想的工具之一。

很多人告訴我夢想不能當飯吃，但每天都吃很飽的人不去追夢才可悲。

把賺來的每一分錢都花在追求夢想的道路上，
所以沒有太多身外之物，也很少浪費金錢在無謂的消遣上。
人生的真正價值，不是存款簿裡的數字，
而是在追夢的過程中，能用正面的態度影響多少人。

如果人沒有辦法產生正面的影響力，那賺了那麼多錢放在銀行，
有天離開人世了，也是讓覬覦的子孫爭吵不休。
如果人賺了一大堆錢，做出來的事卻一點也不正面，
那比條鹹魚還不如，
至少，鹹魚能給人溫飽，帶給人希望，
而你卻讓人厭惡，一身銅臭。

追求了一輩子的金錢，卻從來不做有意義的事，

那拼命追來的那些錢，連條鹹魚的價值都不如。

台東縣達仁鄉土坂部落一角

讓生活充滿愛和安寧並且感覺富足的關鍵是，真心實意地生活；
讓感情充滿愛與生活並且感覺樸實的關鍵是，真心誠意的相處。
想太多的人生，只會讓自己手忙腳亂，虛度光陰；
想太多的感情，只會讓自己不知所措，亂槍打鳥。
生命沒有重來的機會，只有把握當下，勇敢面對；
時間沒有倒轉的一天，只有珍惜分秒，大步向前。
錯了沒關係，改正就好，不要一直陷入失敗的情緒，
敗了不要緊，檢討就好，只要記取教訓還是有機會！

要精彩

活著

一個知道如何嘲笑自己的人，會永遠生活在快樂裡。
人生不要太拘謹，摔倒也沒什麼大不了的。
只要勇敢的笑一笑，站起來繼續走就好！

高中時期，每天要從彰化市騎車到豐原上學，或許是因為當年這樣的通勤方式，讓大叔愛上騎車奔馳的感覺，當專注在上學與放學時亂中有序的縱貫路上，都可以讓大叔好好思考與反省自己，當電視媒體都還在謾罵台灣的政治人物時，大叔卻不是這麼想的，看看台灣的歷史發展就知道，早在大陸經濟起飛的時候，台灣的產業出走早就不是新聞，再加上開放探親旅遊，陸配來台，陸客來台，大叔也趕流行的去了中國兩年，但我親眼看到的跟電視上報導的有點出入，沒錯，中國的進步除了是用錢砸出來的之外，他們的年輕人也十分拼命，因為太多人在競爭，不拼就會被淘汰……

台灣自從教育改革之後，感覺年輕人越來越迷惘，越來越沒有方向，孩子根本沒有起跑就已經輸了，輸在哪？輸在不知道為什麼要去贏，輸在不知道贏了之後要幹嘛……

電視上都在講一些不知所云的報導，其實我們早就被洗腦了，讓你覺得現在的政府很糟，很爛，還不如早點被大陸接管⋯⋯

沒錯，如果從這樣的角度去看，或許就會明白為什麼台灣今天會搞成這樣，因為少數人要追求歷史定位，追到最後，換來的就是破壞後的重生，這麼聰明的政治手段，水母可能真的做不到⋯

看到台灣的執政系統橫向連結，是只有在少部份利益的驅使之下才會連結起來，小老百姓的生計，永遠敵不過某些財團的威脅，為了蓋飯店可以把海灣給 BOT，為了賺錢可以放任開發，但是總是要等到事情發生後，才開始互踢皮球，也沒見到半個人願意出來承擔歷史責任。就像小時候教科書裡說吳鳳是個好人，受原住民的愛戴，為了要遏止原住民獵人頭的陋習，卻犧牲了自己的性命，但真相呢？

從部落的口傳歷史中卻發現，吳鳳是因為買賣不實遭到殺害，根本是黑心商人。

日治時期的教育單位為了教化百姓，將許多故事美化之後寫入教科書，這就好像有黑心廠商做了一堆化學混合食品出來販售，結果民眾吃出了問題，竟然在法庭上說，是因為民眾愛貪小便宜，所以才來吃我們的產品一樣可惡，但有看到這些黑心廠商出來負責嗎？好像沒有喔！

再過個幾年，這篇文章如果被發現了，可能作者就「被自殺」了，一點也不用驚訝，因為執政者要的是一群聽話的老百姓，每天傻傻的賺錢繳稅，這樣就方便管理，許多貪汙案常常高高舉起，輕輕放下，就是因為利益關係的複雜與糾纏，法律是保障對國家有貢獻的人，老百姓必須多數服從少數，書念得多一點的，有自己想法的，只能躲在山裡面，或是隱居起來，因為這個社會聽不進真話，自由發言權會害了你失去生存權，當然，這樣的事情每天都在發生，一點也不奇怪，你沒發現嗎？

民富國強，這樣的道理，電視歷史劇都演到爛了，如果人民沒有富起來，國家怎麼有機會強？如果民心沒有團結，這個國家在國際上怎麼會受重視？

小學生都知道一根筷子容易折斷，二十根筷子折不斷的道理，一個強大的國家下的漁民，豈能讓別人用機關槍掃射？一個受尊重國家的人民，出了國怎麼會被看不起？這些都是從教育開始做起，台灣的教育只有分數、成績、考試，禮義廉恥、德智體群、樂理美學這些做人的基本道理好像跟升學沒有太大關係，教育的本質似乎早就偏離了做人的道理，變成了考試的機器，一隻隻聽話的鴨子。

接觸很多年輕男性，只要東西有一點故障就手足無措，不然就是花錢請人來修，不知道是錢太多？還是懶得動手？還是根本不想去了解為什麼東西會壞掉？或許台灣的普遍教育，並沒有教這些孩子解決問題的邏輯，考一大堆分數，補了一大堆家教，連衣服破了都不會縫，玩具壞了也不會修，連煮個飯都不會，更糟的是連基本的禮貌都沒有……

台灣的年輕人的確有這樣的毛病，尤其出社會後，陋習不改，恐怕以後找不到頭路，大部分的因素，落在「態度」。台灣年輕人專業能力不差，也算聰明，但在工作敬業態度方面，差了一點，現在社會風氣比較自由開放，年輕人進入職場，就會先想到自己的利益。有了敬業態度，自然會受到看重，當然也要看主管是否能識人善用。

這十年來，不再回到傳統職場，因為自己個性的關係，不太能適應傳統職場的工作方式與升遷倫理，也可能是自己沒有受過太多台灣教育的洗禮，所以腦子裡總是覺得幫老闆賺錢，是一種自虐的行為。好的老闆會珍惜人才，但這種老闆非常少。

大部分的老闆都是用很低的薪水，就要買你的健康與精華人生，然後榨乾你的創意與才華，來建築起他的奢豪生活，為富不仁，同事之間為了升遷，阿諛奉承，為了踩著你的頭往上爬，什麼招數都使，只會耍小聰明，卻一點也不尊重團隊，這樣的工作環境，跟人間地獄沒有太多分別，覺得這樣的公司，竟然能在台灣的市場經營下去，才真的是台灣奇蹟，在這樣的企業上班，不如回去鄉下種田，至少每天跟自然相處，身體也會健康許多……

台灣的教育與職場，把我們搞得互相歧視，原本純真的天性與良善，好像上了國高中就完全變了樣，除非這些孩子的家庭教育有堅守住良善的底線，才不至於出了社會變成妖魔鬼怪。

還記得小學時，因為家裡環境不好，常常穿著補丁的衣褲去學校，那些家境好的同學，常用「乞丐」或是「窮人」來稱呼我，或許，這些同學年紀還小，說者無意，但聽者有心，所以大叔出了社會，一點也不想跟這些同學有任何交集。

但後來漸漸明白，他們會這樣說不是故意的，而是家庭給的錯誤觀念，說大叔是"乞丐"或是"窮人"的同學，應該要問問他們父母是不是常這樣說。不知道這些同學現在為人父母，是不是也這樣教他們的孩子？如果是，這就不是學校教育改革的問題，而是整個社會都出了問題。

幸好大叔的父母給了我正確的觀念，從小就告訴我「窮就要窮的有骨氣」，小時候不知道「骨氣」是甚麼，倒是很喜歡吃大骨燉湯，難怪哥哥當兵的時候，最喜歡吃湯裡面的大骨，有學弟「誤吃」了他的大骨，馬上被叫去罰站，還要罰當兩周打飯班……

漸漸長大之後，才知道人窮志不窮，靠自己努力，行得正坐得端，人生才可以走的心安理得……

大台灣的傳統家庭，總是存在著許多奇怪的歧視，看不起別人，喜歡相互比較，卻忘了「天生我才必有用」的簡單道理，一定要到大公司上班，或是當公務人員，才會高人一等，每個父母都希望自己的孩子能夠有出息，但卻給了一些歧視與枷鎖，從小套在孩子身上，孩子未來會走出什麼樣的路，有什麼樣的觀念，父母親必須要負最大的責任。

只不過，台灣的父母親，因為忙於工作，常常忽略了孩子，或是過於溺愛，造成行為偏差，千錯萬錯，都是學校與社會的錯，這些出了問題的孩子，父母永遠不敢面對……

面對這些吸毒或是拿刀亂砍的社會問題，如果不去追溯根源，這樣的事情不會消失，而且很有可能發生在你我周遭，甚至你也可能變成受害者或是受害者家屬。

當我們一昧的在網路上當個正義使者，是否能從這些事件去思考問題的根源，甚至從自己家庭開始做起，學會愛與包容，尊敬與體諒，傾聽與溝通。

當你投入一個事業或是一段感情，最重要的就是對方值不值得你努力，如果經過相處，發現對方在人品上或是誠信上有極大瑕疵，千萬不要心軟留戀，應當機立斷，立刻抽身，通常這樣自私的對象，你的付出只會助長他的可惡，你的努力只會讓他造成對他人的更大傷害，千萬不要當一個助紂為虐的幫兇，發現不對，趕緊抽離。

這幾天在討論人類為什麼要受教育，這世界存在著兩種人，一種生來善良，一種生來邪惡，受教育的原因並不是要學些加減乘除，或是台灣到底是誰的，而是要修整人性中的缺陷。

當一個小孩子跑到超商要求店長請客，如果不請就出言恐嚇要用偷的，這明顯就是父母親的教育出了問題，難道這孩子不知道買東西要用錢嗎？

當然這位店長一定忍耐到了極限，才會爆發毆打事件，這也不理智，但對付屁孩最好的方法，就是把當下的情況錄影存證，再給社會或法律公斷，這個孩子上了媒體，把事情鬧大，雖然得到了超商公司的道歉，卻沒有人告訴他這樣做錯在哪裡，這也讓他學會了只要用這樣的方式，就可以達到目的，或許再過十年，這孩子跑去銀行借錢，借不到錢就用搶的，反正只要告訴媒體說銀行用暴力對付他，社會大眾就會同情，萬一接受了法律制裁，這孩子就會說，我以前去超商這樣弄的時候，怎麼都沒人告訴我這樣是犯法的？

所以這些社會上的犯罪份子，不是極端聰明過了頭，就是父母出了問題，而教育不是只有學校的問題，家長才是問題的根源。千萬不要當個恐龍家長，孩子的未來，家長要負很大的責任。

同樣的，感情也是這樣，感情發生問題，不要一昧的責怪對方。
因為不是你眼瞎，也不會遇到爛咖，要當爛咖，一開始就要講清楚，不要生了孩子，變了單親爸媽，再把責任推給另一方，把孩子教育的失敗，歸咎在別人身上。

當自己的家人或是孩子行為偏差時，是否能適時給予關心，並以身作則，你在孩子面前亂罵髒話，或是批評別人的時候，孩子一定會有樣學樣，當你亂丟菸蒂或是偷搶拐騙的時候，孩子看到也會耳濡目染，當你在網路上寫的每一句話或是做的每一件事，孩子長大也都看得到，因果就是這麼回事。

其實,台灣並沒有想像中悲觀,而是這些年來的教育改革,讓年輕人失去了創造力,不敢作夢,更不敢圓夢,若台灣的正規教育方式沒有改善,還是用分數、考試的填鴨,來決定一個孩子的價值,那麼以後越來越多的孩子會選擇在家學習,而未來的父母,生活壓力也會越來越沉重,會有另一種吉普賽的遊牧生活方式出現,就是整個家庭靠打工換宿來生活,未來沒有好與不好,只有開心與不開心的生活,就看自己如何選擇。

我們拼命的想改變,可是卻一次一次的無功而返,我們不知道還要在泥淖裡困多久,但不要有放棄的念頭,因為這一秒不放棄,下一秒才會有希望,要想重新找回幸福,就一定得堅持。

有時候，知道未來的發展，不一定是壞事，只要清楚自己的發展方向，找到自己有興趣的生活態度，不管誰執政，都不會有太多影響，反正都爛二十年了，總會有人找到活下去的方法。過去雖然風光不再，但身為台灣人，還是能擁有美好的回憶。當我流浪到海角天邊，或是停泊在一個不是屬於我的港口，相信心裡都無法忘記我那美麗的台灣，曾經輝煌，曾經努力，但卻那麼哀傷。

未來的社會與人類，應該是更聰明更理性，且更懂得珍惜環境，而我們現在種下的任何因，未來都會結成果，是好果還是惡果，最後都是自己的子孫要吞下去，好好思考一下，你要種什麼……

當你還在追求藍與綠的顏色之爭，究竟是一個台灣還是兩個中國，是不是也可以想想，環境汙染的問題，土地開發的問題，族群文化消失的問題，教育改革的問題，經濟發展的問題，還有很多比那兩種顏色還要重要的問題。

也許再過沒多久，我們可能只有一種選項，就是怎麼在嚴酷的環境中活下去……

說了這些，其實只是想突顯一個問題，就是告訴我們的下一代，不要再犯下同樣的歷史錯誤，記取教訓，好好珍惜。

即使再黑暗的夜也會走到盡頭，並迎來曙光。
當那一抹曙光升起的時候，我曾殷切的期盼，能出海豐收，
在記憶的黑潮裡奔流，只為找回太平洋才有的味道，
把它們煮成湯，滋養許多發育孩子們的健康。
從開始的開始，是我們在海上；最後的最後，是我們在煮湯。

不想看見憂愁的臉，是我現在的期望；
不倉惶的無助的眼，是想見明天的太陽……

人活一世，其實吃苦沒什麼不好，它能讓你更好地珍惜甜的
滋味；

忍耐也沒什麼不好，人生需要等待，沒有沉默就難有爆發；

平凡沒什麼不好，能夠每天感受生活的美好，就是一種莫大
的幸運。

捨不得這片可愛的土地，捨不得這些善良的朋友，經過了這些年的亂七八
糟，突然明白，能呼吸一口自由的空氣是多麼幸福，能說自己想說的話是多
麼奢侈，如果我們再繼續自私下去，生活在台灣的我們，會失去驕傲的理由，
會失去簡單的幸福 ..

照片故事：
利用花蓮後山沒有污染的天然食材，阿美族的傳統美食精緻化，阿美廚神陳耀忠的料理強調自然原味，海岸山脈是他的菜園，太平洋是海鮮冰箱，烹調出一道道，讓人驚艷的味蕾饗宴，堅持發揚阿美族的原味，陶甕百合春天掌廚人耀忠認真踏著祖靈足跡，尋找生活靈感，不嫌舞台太小，因為花蓮的山和海，就是成就他的最大舞台。

看過一則新聞是這樣的 - -【希望之聲 2016 年 3 月 4 日】記者劉瑩綜合報導一名在美國中西部一所高中就讀的亞洲小留學生，由於向同學比出手槍手勢，被校方開除。另一名來自亞洲就讀教會高中的男學生，到女友寄宿家庭約會，被寄宿家庭以私闖民宅報警逮捕。

近幾年，隨著在美國求學的亞洲小留學生的增多，出現的問題也在增加。為亞洲小留學生提供一條龍服務的威斯康辛國際學院總裁孫建國表示，這些案例，都是因為「文化」、「背景」差異造成。

校園裡的溫和與包容，讓我們已經習慣了肆無忌憚地侵犯別人的領地，可以強取同學的財物，可以用言語霸凌他人，可以推同學下樓梯。但外面世界的秩序和文化卻各不相同，在台灣可以這樣，不代表出了台灣也可以。

有句台灣俗諺是這樣說的：「細漢偷挽匏，大漢偷牽牛」，意思是：小時候偷摘了匏瓜，長大就會偷牽牛。如果長輩沒有適時給予導正，給這些孩子正確的觀念，那麼，下次就不是警告了，而是你被捕了！

孩子的這些不良習慣和不良行為的形成，都與父母的嬌慣、溺愛有直接關係。為了孩子的身體發育，培養孩子良好的生活習慣和道德品質，奉勸父母千萬不要溺愛孩子。

其實，只是想告訴孩子們，長大之後沒有兒戲，法律之前沒有寬容！

請記住，小時候犯的錯誤如果沒有修正，長大之後，外面的世界不會輕易原諒你！

人生的經歷就是一個不斷失去的過程。

孩提時，我們失去的是父母的百般呵護；少年時，我們失去的是天真的童年；

青年時，我們失去的是曾經的輕狂；中年時，我們失去的是曾經的初戀；

老年時，我們失去的是創業的激情還有流浪的勇氣……

當我們開始回憶起陳年往事時，常伴隨著一絲絲傷感，感嘆光陰似箭，

但人生千萬不要只留下哭聲或埋怨或歎息。

生是死的開始，死是生的希望。

人自出生的那一刻起，便開始生命的倒數計時；人活在當下，要惜秒如金，

生命就在呼和吸之間，每一秒都是下一秒的「過去」；

常審視榮辱，激勵自己；常檢點得失，重塑自己。

千萬不要夜郎自大，自恃清高只會讓你的努力白費，讓汗水白流，

甚至會毀掉你的一生。

只有不停的反省自己，才能不斷的完善自己，

人握著拳來到這世界，好像是說：「整個世界都是我的。」

但在離開人世時，人都是攤開手掌，就像是「看吧！我什麼也沒帶走。」

人生最大的勇氣不是無懼死亡，而是堅強的用力活著，

勇敢的面對生活帶給的壓力和考驗！

有時候會覺得，
沒有人有耐心聽我講完自己的故事，因為每個人都有自己的話想說；
沒有人喜歡聽他人抱怨生活，因為每個人都有自己的苦辣酸痛；
世人多半寂寞，願意傾聽的人不多，因為每個人都想多說。
習慣沉默的人，難得幾個，而在此之前，我是沉默。

有時候再也不想對別人提起自己的過往，把瘡疤揭開，再痛一次。
但如果這麼做可以鼓勵到你，幫助到你，那我願意。
如果你可以因為我的故事而清醒、看開、重生、樂觀，
可以走出自我架起的高塔，開始讓心去流浪，甚至身體也去流浪，那很值得。
去外面看看吧！讓心打開吧！讓夢想飛翔吧！

那些掙扎在夢魘中的寂寞、荒蕪，還有說不出的痛楚，
我會交給時間慢慢淡漠，只要你可以好好的，
這些我願意承受，
因為你值得。

你說你不自由的時候，應該不是指失去了做什麼的自由，
而是想做的事得不到別人足夠的認同，帶給你精神上或道德上的壓力，
於是覺得被壓迫，被妨礙，被剝奪。

其實你的問題，不過只為了周遭的人對自己滿意而已。
為了博得他人的稱讚與認同，戰戰兢兢地將自己套入他人想要的模式，
結果搞得自己已經不是自己，這些桎梏，把你緊緊拴住。
直到喘不過氣之後，才發現自己焦慮、憂鬱、躁鬱，最後完全崩潰……
只剩下一副模糊的面目，空洞的軀殼和一條不能回頭的路。

照片故事：
Paterongan 是花蓮豐濱新社的海灘，為噶瑪蘭族登入新社的地方，意為「萬物休憩、養生之地」。在歷史上，噶瑪蘭人經歷不少磨難，迫遷各地，在不斷的努力之下，終於得以正名，並持續復興文化與傳承。相對於東海岸其他部落，新社部落顯得較為內斂含蓄。噶瑪蘭的文化特徵，也讓新社部落與眾不同。

族人表示製作稻草人，主要是呈現及教導下一代，過去是如何在收割後將稻草再利用，堆置處理及做成稻草人和動物形狀。

其實，是你多想了，你只是忘了自己原來的樣子，
硬把自己裝成是別人想要看見的那個樣子，而把自己逼得太緊。
要記得，翅膀長在你的肩上，你原本就可以飛得很好，
只是太在乎別人對於飛行姿勢的批評，所以飛不起來⋯⋯

去流浪吧，現在，別再說沒空了，
白雲在呼喚你，它一直在藍天等你，想跟你一起飛翔⋯

這張照片入圍 2014 觸動感動國際攝影大賽　作品名稱「時光飛逝」

照片故事：

水湳洞聚落發展和金銅礦有密切關係，1906 年（明治 39 年）選礦場興建後而逐漸發展。礦場為了員工居住，於九份溪對面的山坡地，陸續興建供日本員工居住，房舍分四戶一列和六戶一列兩種，四戶一列予監工級員工，配個別廁所及洗澡間，六戶一列為一般員工居住，有個別廁所，但是洗澡間共用，漢人礦工則自行在附近銅礦仔、礦窟仔蓋工寮。但隨着礦業的沒落，台金公司關廠，居民陸續搬走，留在社區的大多是年老一輩或台金的舊員工。

別把人生搞得太複雜，世上本無事，庸人自擾之。

莫因瑣事之爭、微利之誘、果腹之慾，就無端丟棄快樂心情、平和心境、健康心態。

讓一切變得簡單些，喜歡了就爭取，得到了就珍惜，錯過了就遺忘。

這個世界，有兩件事我們不能不做：
一是趕路，
二是停下來看看自己是否擁有一份好心態、好觀念、好習慣。

好心態是健康的根本，好觀念是生活的依歸，好習慣是成長的基石。

心之偏離，岔路必多，我們常常會迷失方向，不知自己身處何方。

當夜淹沒了一切，掀開浮誇現實的面紗，繁華、喧囂的背面，是深深的寂寞包圍。

不要小心翼翼的躲在自己的城堡，用倔強掩飾內心小小的自卑。

歷經許多偶遇與分離，總會懂得，沒有抓不住，皆是放不下，

你容得下世界，世界才會接納你。

北迴歸線是太陽光直射在地球上最北的界線，每年夏至日（6月22日左右）這一天這裡能受到太陽光的垂直照射，然後太陽直射點向南移動。北半球北迴歸線以南至南迴歸線的區域每年太陽直射兩次，獲得的熱量最多，形成熱帶。因此北迴歸線是熱帶和北溫帶的分界線。

照片故事：
台灣共有三座北迴歸線標，過台灣的澎湖、嘉義、南投、花蓮四縣，一座在西半部的嘉義縣水上鄉，另外兩座在東半部的花蓮瑞穗鄉和海線豐濱鄉。照片中是位於花蓮縣豐濱鄉北迴歸線紀念碑，位於東部海岸旁、濱臨太平洋，在省道台11線27公里處，紀念碑建在環島公路邊一片空曠的田野上，高約20米，一塔型石碑建築。碑頂有南北和水平相交叉的圓球，圓柱形的標誌，上面標示「北迴歸線」，中間有狹長細縫，石碑上有「北迴歸線」四個大字，標誌碑石台上刻有北緯23°27′4.51″等字樣。

自從感情空窗了八年，很多朋友告訴我要穿得帥一點，開個好點的車，這樣才可以吸引異性！

大叔的回答是，第一眼的印象很重要是沒錯，但希望找到的是可以相處一輩子的，如果這個對象都不願意花點時間深聊，那我們花再多時間也走不進彼此的內心！個人風格是建立在自己的個性上，打扮自己對於長年生活在山林海邊的我來說，總是覺得沒什麼必要，就像是要森林泰山穿得跟時尚模特兒一樣，是彆扭極了！一直相信朋友之間交往，應該不會為了穿什麼而有不一樣的態度，因為內在的我就是這樣，如果你會為了外表而不跟大叔往來，那也無所謂呀！

這讓大叔想起一個有趣的故事

一休禪師有一位將軍弟子，有一天將軍請師父吃齋，一休禪師到達時，
守衛的人不准他進去，因他穿著破爛的衣服。
一休禪師沒有辦法，只好回去換了一件海青（大袍）袈裟，再去赴宴。
當用齋的時候，一休禪師把菜一直往衣袖裡裝，將軍看見了很詫異，
就說道：「師父！是不是家中有老母？或寺裡有信眾？一會兒我差人再煮菜送去，現在請您先用啊！」

一休禪師道：「你今天是請衣服吃飯，並不是請我吃飯，所以我就給衣服吃！」將軍聽不懂禪師的話中之意，一休禪師只得解釋說：「我第一次來的時候，因為穿了一件破舊法衣，你的守衛不准我進門，我只好回去換了這身新的袈裟，他才放我進來，既然以穿衣服新舊做賓客的標準，所以我以為你是請衣服吃飯，我就給衣服吃嘛！」

社會上的勢利虛榮，有時不以人格品德論高低，而以衣服新舊做標準，所以一般人只講究「金玉其外」，不管「敗絮其中」，一休禪師把飯菜給衣服吃，給今日的社會人心，真是一針見血的諷刺呀！

對於這樣的社會現象，有一次是大叔親身的經歷。
早期在台中跑金融業務，雖然穿了西裝，但還是騎著一台破機車，就這樣去拜訪一位學長的父親，學長家是開外銷工廠，對於投資理財很有興趣，就請我去跟他的父親聊聊。

去到學長家，在經過一個小時的介紹與分享之後，學長的父親很滿意我的推薦，決定要給我一個機會，就簽了一百萬的支票，要認購我推薦的基金，我也很開心，努力的結果終有回報，就在要離開之後，學長與他父親到門口送我，看見我騎台破機車，就請我把支票再交還給他，然後當著我的面，把支票給撕了…

這對一個業務人員來說是多大的震撼，當下我大概靜默了一分鐘，腦子一片空白……

學長的父親才對我說：「年輕人，你騎了台破車，就要我相信你的投資可以賺錢，這個社會不是這樣的，要人相信你的專業或是投資，你至少也開台車來，這樣也比較有說服力啊！！」說完，他轉頭回了工廠的辦公室，學長連忙跑來安慰我，我笑了笑說，沒關係，謝謝你爸的提醒，我會再來，還把支票的碎片撿了起來，小心翼翼地放進公事包裡的夾層，然後騎著我那破破的機車，往公司的方向離去。

在路上，我的腦海裡一直出現支票被撕的畫面，心裡也像被鐵鎚狠狠重擊的痛，這個社會原來是這樣運作的，要做業務要看外表？不看專業？
經過了幾個紅綠燈，我刻意觀察那些名貴轎車裡坐的人，氣質也沒有很好啊！有些也是抽菸吃檳榔，為什麼他們可以開這些名貴轎車呢？這到底是什麼社會？

回到了公司，經理問我順利嗎？我默默的打開公事包，把支票的碎片攤在桌上，試圖拼湊支票上的金額，經理當場也愣住了，怎麼會這樣呢？？
全公司的同事都湊上來看，也驚動了辦公室的總經理，出來問我怎麼回事……我花了兩分鐘，把事情的來由完完整整的交代了一次，總經理拍拍我的肩膀說：「沒關係，這就是社會經驗，你找一天再約這個客戶，然後開我的車去，就說車是你剛買的」，總經理的車是當時最新款的德國房車，也剛換沒多久……

隔了兩個星期，總經理要經理陪著去，然後請經理幫我開車，還跟經理交代了一些話，但細節我沒聽到，就叫我要坐在後座，在去之前，經理還帶我去髮廊把頭髮整理了一下，弄得像賭神一樣。

到了學長的工廠，門口的警衛通報辦公室，坐在後座的我很不好意思，為什麼總經理要經理幫我開車，車要故意停在工廠辦公室的門口，經理還下來幫我開車門？這時候學長跟他父親站在門口看到這一幕，表情有點不可思議，如果當下有賭神出場的配樂，身邊如果再站個賭聖跟小刀，光是氣勢應該就贏一半了吧！

接著下來，就照著總經理交代的，先不進學長的辦公室，而是邀請學長跟他父親上車，出去繞一繞，體驗一下新車的味道，還有舒適度，然後，聊聊車子的性能，還把車子讓學長試駕一下……

回到辦公室之後，學長的父親才告訴我：「年輕人，我不是在刁難你，而是在告訴你社會事，這個社會只看表面的，當初我在創業的時候，也跟你一樣，騎著破車去拜訪客戶，在我們那個年代，也是只看表面，你的車開得好，打扮得好，就表示你做出來的東西也不會差到哪去，你要擠進這個行業，當個佼佼者，哪怕你的東西真的很專業很好，賣不出去也是沒用，要把東西賣掉，第一次見面就是要告訴你的客戶，你是最好的，所以門面功夫一定要下，先讓客戶信任你，才有做生意的機會，但是後面的經營一定要實實在在，這個事業才能做得長久。」

真的很感謝學長的父親幫我上了一課，得此要領之後，後來大叔在業務相關行業都做得還不錯，如果沒有遇到九二一大地震加上金融海嘯，股市重挫，或許今天人生也不會轉個大彎，大叔也不會離開業務工作，跑到台東去，當然，這又是另一個故事了。

有多少已經不聯繫的朋友，默默存在通訊錄中。
不是不想聯繫，實在是人生殘酷，時空變幻，你我再無交集。
生命不過是一場旅行，你遇見我，我相逢你，修行路上，各自前行。
有些時候，與其相見，不如懷念，與其糾纏，不如隨緣。

緣聚緣散，猶如雲煙，生離死別，天道自然。

物以類聚，人以群分，一生中要麼影響別人，要麼被人影響。
當你處在低潮的時候，被人影響非常重要也十分必要，關鍵是被誰影響？
是否經常被一些與你同層次的人弄得隨波逐流，經常被人消極的催眠呢？
是否常跟一群說話索然無味的人搞得焦慮困頓，經常被人拖著去花錢呢？

一個人品味的高低，往往是由他身邊的朋友決定的。
和什麼樣的人在一起，你就會有什麼樣的人生：
和勤奮的人在一起，你就不會懶惰；
和積極的人在一起，你就不會消沉。
如果你身邊盡是消極頹廢、目光短淺的人，
他們就會在不知不覺中偷走你的夢想，使你越來越頹廢、越來越平庸。

無論你是才華橫溢，還是草根布衣！
無論你是學富五車，還是販夫走卒！

只有把自己放對了地方，才會有正確的觀念與作為，發揮所學毫不浪費。
願意幫你的人，不是欠你什麼，而是把你當真朋友，不要辜負這些人的期待，
哪怕自己知道能力不夠，很多時候，當下就是要與不要罷了。

請記住，跟誰交朋友，將決定你的一生可能跟誰一樣！

根據綠色和平組織公布，台灣消費者購衣習慣調查，20 歲至 45 歲的民眾，每年至少丟棄 520 萬件衣服，相當於每分鐘有 9.9 件衣服被丟進垃圾桶或是舊衣回收箱。鞋子數量更驚人，每年至少丟棄 540 萬雙鞋，也就是說每分鐘丟掉 10 雙鞋。

其實，大叔從來都不買超過 500 元的衣服，常跟大叔碰面的朋友大概會發現，大叔平常只穿黑色上衣，因為所有的上衣都是這款黑色的，大概有 10 件，所以夏天出門不用想，頂多加個攝影背心就出門了，褲子也很少買全新的，大叔最喜歡去逛台北重新橋下的跳蚤市場跟台中的二手市場，裡面常有很棒的二手褲，一件不超過 300 元，運氣好還可以挑到名牌貨，鞋子除了之前環島固特異鞋廠商贊助的，最喜歡穿鋼頭工作鞋，便宜又耐穿，衣服是這樣的，只要穿起來舒服，不要太醜，實用舒服最重要。

品牌，永遠不是大叔考量的因素，只要從務實面去考量所有的生活開銷，無形中就能減少很多浪費，負債也讓大叔明白一個道理，真正的名牌，不是商品的價格，而是自身散發出來的氣質。

有人問大叔，負債辛苦嗎？當然很辛苦，但大叔想的不一樣，把負債當成預繳學費，把未來浪費的錢都省下來，也是一種很棒的儲蓄方式，換個想法，世界就不一樣了。

在 60-70 年代，**看電視是件奢侈的行為**，但現今，看電視變成是一種洗腦的行為，當年國民政府為了要方便教育偏遠山區的部落，特別每一家戶補助一台小耳朵，就是為了將訊息傳達到部落裡，現在的新聞裡面夾雜了許多負面訊息，早在十多年前，暴力色情搶劫傷害詐騙的訊息一直出現在電視媒體中，讓我們感到害怕，現在隨便在路上問個人，大部分會覺得台灣是一個沒有希望的地方，只有少部分會回答台灣很棒，再問問這些感覺台灣很棒的人，有大多數是不看電視的。

某些官方電視媒體為什麼會一直要洗我們的腦？
個人認為，一是利用"恐慌"來達到方便管理，二是普遍讓民眾覺得台灣很糟，然後給外來政權治理看看會不會更好，如果這樣的觀察屬實，未來的五到十年，讓中國介入台灣的管理，台灣民眾大部分也會變得冷漠甚至無感，而媒體花二十年所產生的影響，會改變一個國家的未來。

以前看到許多大陸節目，會覺得中國怎麼那麼好，從《八千里路雲和月》到《大陸尋奇》，到現在的《我是歌手》還有一大堆奇奇怪怪的節目，內容所呈現的都是中國美好的一面，這其實是一種「形象塑造與包裝」，再來就某些新聞媒體誇張的報導政府無能，普遍讓大家對目前台灣政府反感，這也是一種「訊號」，造成人們對政局或政治產生排斥，並期待某種「改變」，這樣的小動作一直重複出現，其實就是一種「催眠現象」。

台灣最小年齡的教育單位，以前叫「幼稚園」，現在改成跟大陸一樣的稱呼「幼兒園」，到現在一些新聞或民生用語，慢慢跟對岸拉近頻率，其目的就是要增加「熟悉感與文化再造」，這讓我們不禁開始思考，如果台灣摒棄了自己的文化特色，甚至開始「識正書簡」，那麼台灣最後僅存的優勢，也會為了貪賺人民幣而消逝，如果台灣未來真的走向了所謂的一國兩制或是一個中國架構之下，我們四五六年級的朋友們，將親身體會台灣原住民文化被剝奪的心痛，看看香港，想想台灣，這是不是一種「自作自受」呢？

尼克森在 80 年代出了一本書叫《1999，不戰而勝》。他在書中的最後部分說了這麼一句話：「當有一天，中國的年輕人已經不再相信他們老祖宗的教導和他們的傳統文化，我們美國人就不戰而勝了。」同樣的，換個角度來思考，如果我們把自己台灣的各族群文化與努力五十年的民主自由給丟了，那麼，也會跟台灣原住民一樣，失去了自己的土地與傳統文化，然後也失去了繁體文字，失去了自由的空氣，最後走向香港這樣的命運。

所以趁我還有能力的時候，會盡量紀錄台灣美好的一面，至少有一天，子孫們發現了，還有機會可以收拾起這些隻字片語，找回自己文化的根。如果你看到這篇文章，就別再看一些垃圾節目了，因為這些洗腦資訊不是好東西，多接觸大自然與正面磁場的朋友們，把時間花在其他地方，永遠都要比看垃圾節目來得強！

簡單生活，就是幸福生活。
不要背負太多包袱，學會刪繁就簡，去除煩躁與複雜，
返璞歸真，才能讓生命綻放出最美麗的光芒。

簡單生活，不是粗陋和做作，而是一種真正大徹大悟之後的昇華，
簡單地做人，簡單地生活，不依附權勢，不貪求金錢，
心靜如水，無怨無悔。

照片故事：
現年 90 歲的屋主李文昌，原任海防班哨士官長，近 40 年前這個位在台東海濱公園
的哨所廢除，老士官長也跟著退伍，由於不忍離去，還商請相關單位入住配為住屋
並逐年擴建，成為台東市「鎮守太平洋的最後一位官兵」。

以前做過許多種類的業務工作，從簡單的銷售工作，到各種類型的直銷，為了達成業績目標不擇手段，只為了那微薄的獎金，就算賺到了錢，卻失去了良心。有一天我發現賺來的錢一點也沒存下來，因為貪念只會讓自己的慾望變得更多，因為慾望的驅使，讓自己陷入自欺欺人的無間輪迴，痛苦的活在虛假的話術與假裝的希望裡…… 後來，大叔決定不再聽信這些用奢華名牌來打造的事業，哪怕這些畫圈圈的獎金制度有多麼誘人，累積到多少就會賺多少錢，這樣的推薦一概拒絕。

很多業務單位的主管會用名牌或奢華排場來教育自己的組員，為了錢，你必須努力去賣商品，所以很多年輕人，會因此盲目的追求高收入高享受，而忽略了人生的本質。許多奇怪的宗教也用這樣的手段來催眠信徒，用錢來贖自己的罪，而不是用善來改變自己的行為，看了偽善的人，卻穿著宗教的制服，做出來的，卻完全與信仰與宗教教條背道而馳。善良是天性，想留住它卻很難，當人貪戀的東西越來越多，虛偽、醜惡就隨之而來。

「貪慾意為田，無厭心為種」，「貪」可視為田地，而「意念」是虛幻不實的，貪慾種在虛幻不實的田地裡，播下無厭足的種子，為它灌溉、施肥，費心去經營，耗費許多的力氣，最後生長出來是邪惡的果實。

為了滿足一時的貪念，可能形成永無止境的憂苦。

生活原不苦，苦的是慾望過多；心靈本無累，累的是攫取太甚。
人生的歷程，就是逐漸遞減，慢慢地消逝；
命運的深層意義，就是要學會放棄和等待，
放棄一切喧囂浮華，等待靈魂慢慢的安靜。

覺得自己不幸福，是因為我們並不知道，有些痛楚失望、悲歡離合、艱辛磨
難，卻也是構成幸福的重要因素。我們有時候太貪心，只想要美好的果實，
卻從來不去思考，要如何辛苦的耕耘。

要是能重來該有多好，其實真有重來的時候，也許並不一定能盡如人意。
得不一定就是得，失不一定就是失，得失之間，若有所悟，自然能得。

人生在世，每個人都有不盡相同
的緣分與機遇。
有的人一生一帆風順，有的人一
生跌宕起伏，有的人一生平平淡
淡。

不管人生處於何種境地，都不要
放棄，不要抱怨，更不要嫉恨。
不貪，不嗔，不求，就會知足。
不惡，不虐，不騙，就能安心。
知足自然常樂，知足的心，能安
寧自在。
用平淡心處世，簡單生活，怎能
不快樂。

照片故事：
花蓮豐濱鄉石梯坪的水梯田，已經休耕將近 20 年，因為人口外流、水路年久失修，部落裡的老人也無力再耕種。20 年前，一邊是海，一邊是稻米的美麗景象已然不在。舒米 · 如妮，10 年前回到故鄉，看著這片荒蕪的梯田，決心將水梯田復育 ... 石梯坪緊鄰太平洋，舒米與部落成員為生產的稻米取了一個美麗的名字「海稻米」。

當夜晚時輾轉在床上，不知道自己到底想要些什麼，想要過什麼樣的生活？
是現在的生活過於空白，還是內心過於空虛，這些朝九晚五到底都怎麼了？
是不是總是喜歡無病呻吟，還是真的喜歡這種自欺欺人的生活？
過著分明幸福，卻笑不出來。是自己要求的太多，還是上天給予的太少？

去找答案吧，去找找自己到底要什麼！
或許一個流浪的旅程，會找到自己存在的意義。

大約是 2007 年，因為工作過度操勞，在台東家中昏迷，送到醫院檢查出，肝指數衝到約 400 上下，已經超過標準值 9 倍（血清轉胺酶 ALT 是一種酵素，主要分布在肝臟細胞內，一般用來當作測試肝功能的指標，正常人的血清內含量在 45U/L 以下。）

這應驗了廣告中講的，肝若好，人生是彩色的，肝不好，人生就是黑白的。那年我才 32 歲，就把自己的身體給操壞了，弄到最後，辛苦打拼的公司跟豪宅，全都隨風而逝，也差點丟了健康。

從那時開始，我就很注意自己的身體狀況，畢竟賺了再多錢，留給醫生花不如留給家人花，再加上還有一身債務，如果身體垮了，這些債務不應該留給家人來償還。

前陣子幫好友拍攝婚禮紀錄，新郎新娘其中一位好友，在婚禮過後沒多久就因為癌症轉移到腦部，不幸辭世，應該不到 40 歲，新郎的另一位好友也很年輕，不到三十五歲，也在參加婚禮過後沒多久，檢查出肺腺癌四期。

聽朋友轉述，那位小姐平常也都沒異狀，熱愛馬拉松運動，當下不舒服時，只是感覺像小感冒，去醫院一檢查才發現。

衷心的勸告各位朋友，少吃外食，尤其是加工食品或是加入太多調味的食品。食品跟食物是不一樣的，食品是經過加工製造，而食物是直接從田地到餐桌上，多吃簡單的水煮食物，或是來源乾淨的食材，少喝飲料，多喝水，沒事到戶外多走動，最好去森林或是無汙染的山區，只是在台灣，這樣的環境也越來越少了。

不過老實說，在台灣要吃乾淨的食材還真的越來越難了，大部分的農地都有多多少少的汙染，要不就賣掉變成民宿，老農退休，青農接棒的也少，農地貴得要死，真不知道我們的下一代未來要吃什麼？

這五年來，騎壞了三部機車，從桃園到台東，再從台東到彰化，有時走中橫，有時走南迴，有時走北橫，前前後後不下三十五萬公里，總是滿載著行李，就是為了協助紀錄台灣農業的消逝，除了拍紀錄片，也協助偏遠部落的產業行銷，只為了讓部落的農業與農產品能被看見，讓更多年輕人回鄉投入發展，雖然這幾年拍攝紀錄片根本沒收入，很多時候還是必須靠打工接案來維持生活開銷，但大叔很明白，這樣的事總有人要做。

很多人都在高呼關心農業，關心土地，很多無良商人，都只是想透過這樣的過程獲取暴利，炒作農地，甚至還有些打著觀光開發的大旗，直接到東台灣大肆購買土地轉售，仔細想想，這樣的錢賺得心安嗎？還是已經變成了無法改變的陋習？

一直很反對部落或是農村發展觀光產業，當大批的遊覽車進到了農村，帶來的並不是經濟發展，而是汙染與垃圾，長年在這些地區觀察與訪談，很多自以為聰明的輔導團體，取得了政府的經費，就開始大搞觀光開發，也從來不問問地方上農民意願，搞了一堆活動，讓原本乾淨的農村環境，瞬間變成污染與吵雜的大拜拜場地，再加上不懂愛惜農作物的遊客，把農民辛苦的作物當成雜草任意攀折踩踏，看來實在心痛。

台灣的農業成果得來不易，台灣的農產品便宜好吃又安全，雖然市面上已經有很多黑心農產品偷渡成功，也被我們吃到肚子裡去了，尤其是吃外食的朋友，就沒辦法每天自己煮，只能靠超商或是路邊攤，雖然價格便宜，卻無法篩選食材的來源，台灣人罹癌比率高，絕大部分是因為食物的關係，開放農產品進口，不但對農民是一大衝擊，對台灣人民的健康也是一大威脅，當然有農地的朋友可以自給自足，不需要理會農產品進口帶來的影響，那沒有農地的一般大眾該怎麼辦？

糧食安全越好，國家的物質水平就越高。聯合國政府間氣候變化專業委員會曾於 2014 年 3 月 31 日在日本橫濱召開會議時發表了一份報告，報告中指出：「氣候變遷正衝擊糧食與人類安全。」世界銀行總裁金墉也在 4 月表示，接下來 5 至 10 年間，氣候變遷將引起食物和水的爭奪戰。

在過去的戰爭中，拒絕運送糧食被當作一種武器。第一次世界大戰的同盟國封鎖運送途徑而導致糧食嚴重短缺。同樣，在兩次世界大戰中，德國為迫使英國就範，出動潛艇以封鎖英國從外地輸入糧食。國家元首努力控制他們的國家能維持足夠的糧食供應，糧食安全是一個重要的政治問題，它可以推動國家政策、鼓勵使用農業補貼的刺激耕作或導致衝突。1996 年世界糧食安全首腦會議宣布「糧食不應該被用來作為一種武器」，而台灣的農地更不應該被當作套利的一種工具！

台灣的農民被剝削還不夠嗎？如果真的要協助農民，就該幫助他們提高農產的價值跟價格，而不是用批發價或是盤商價來購買他們的產品，然後再轉售，這樣只會讓農民脫離不了被剝削的命運。

有良心的農民會用無毒的方式照顧他們的作物，將本求利的農民會適應市場需求種出漂亮美麗的農作，而想大賺農業財的商人會想盡辦法進口農作物。換個角度想想，台灣的食品大部分的原料都仰賴進口，而吃多了進口食品，對台灣人民的身體健康實在沒有太大的助益。

反觀在鄉下自種自食的老人家，為什麼身體都很健康呢？
四五十年代台灣人的健康狀況，跟現代人的健康狀況相比，為什麼越來越差呢？
這些都是值得思考的問題，愛土地，就真的去落實，幫助農民，就找真正的好食材，農業是台灣未來健康的希望，農地是養育台灣下一代健康的希望，花點時間去了解你吃的食物，花點小錢來鼓勵認真的小農，讓他們真的可以努力的耕耘下去，照顧好食材，也照顧好我們的下一代。

台灣是個美麗的寶島，出生在台灣島，喝台灣水，吃台灣米，是件幸福的事，我們更應該檢討自己，為台灣的未來努力付出了什麼。過去的傳統觀念會說：「自掃門前雪，休管他人瓦上霜……」，殊不知有一天，他人的瓦上霜，可是會帶著他家的瓦砸到你頭上。

這就是為什麼我要投入拍攝紀錄片，並環島告訴大家農地農用的重要性，如果大家繼續買賣農地而不耕作，我們的下一代就會吃更多的垃圾食物，如果青農返鄉買不起農地，沒有水源，那就只會淪為政客的口號，如果我們繼續破壞地球，下下一代將會面臨嚴峻的挑戰，如果大家繼續對於這樣的問題冷漠，那麼各位的新年新希望就會變成找到下一個適合人類居住的星球，希望下一個星球會更好！

真的，不要看不起農民，到鄉下去跟農民買農產品也不要隨便殺價，有種你就去大賣場或是便利商店殺價看看，不要老是欺負鄉下農民，有本事就去欺負這些大財團啊，請他們少賺一點來協助台灣農業！如果台灣農民都不耕種了，就只好吃進口毒蔬果吧……現在如果我們不再重視農業，那麼下一代的食物是什麼？用 3D 列印的？還是化學合成的？

照片故事：
2015 年第二次徒步環島，為了推廣台東地區農產品，與分享農地農用概念，拍攝了「紅藜先生為土地而走」紀錄片，照片是位於台東縣達仁鄉土坂村的紅藜田，也因為照片太美，常被轉載，也被有心人盜用。

我們辛辛苦苦，來到這個世界上，不是為了每天去看的那些不美好而傷心的。

我們生下來的時候就已經哭夠了，而且我們誰也不能活著回去。

一直喋喋不休說自己如何幸福的人，內心是空虛的。

當一個人內心夠強大時，說與不說，都無必要。

因為他感受到的幸福是打從心裡溢滿到全身上下，根本無需誇耀。

現在最重要的是，選擇最適合自己的方向，一意孤行走下去。

那些磁場相近的人或事物終會走到一起，而那些不相干的人或事物，終會背道而馳。

用什麼態度去看待世界，就會得到什麼樣的世界。

品牌行銷是一種說故事的方法，故事要說得好聽扣人心弦，進而把產品精神導入，透過文字、影音、產品包裝、設計意象等等組合而成。

一個好的產品，缺乏整合行銷與通路的搭配，通常就要看產品本身的品質與穩定度決定生命周期。對我而言，產品的爆發時機很重要，當你行銷預算沒有太多，或是根本沒有行銷概念的時候，一個好的爆發時機，會比你砸下千萬買媒體來得有效，如果沒有錢花在媒體，社群網站也是很好利用的管道，只是現在很多的產品、電玩遊戲都是透過正妹行銷來達到吸睛度，但宣傳效果到了，回到產品的本質，是否建立起了品牌忠誠度？

如果你是客戶，你會選擇品牌忠誠度高？還是品牌知名度高？我會選擇前者，專精於品牌忠誠度，在產品的品質、實用性、安全性及消費者保障下功夫，會比花大錢打媒體廣告來得有效，當然這還必須從產品特性與周期下去區分各種不同的品牌策略，如果你有好故事，卻沒有好品質的產品，就只是個故事罷了。

但你只有好產品，卻沒有好故事，快點來找大叔啊，可以幫你創造個好故事，當然，有緣的產品跟老闆就會讓大叔充滿靈感，愛炒短線的老闆或是產品灌水的老闆，大叔肯定不是你的首選，大叔喜歡真實的好產品，自己敢吃才能賣啊！

其實大叔做過許多的行銷工作，大部分都在台東地區，除了農產品外，還有辦過不少大小活動，這些都要感謝學生時期，在社團裡學到的技能。

在高職時期，因為校風保守，那時的老師不太喜歡我們辦些大型活動，像是演唱會啦，露營活動啦，可能是擔心學生們不念書，出校外又怕發生意外，就像我那時為了去看個露營場地，被毒蛇咬傷，差點丟了小命，還好當時沒有帶隊老師去，不然輿論可能會搞到那位老師教職不保。

高二那年，因為接了吉他社長，面對保守又怕事的學校，總想做些改變與突破。就有很多辦校園演唱會的廠商來接洽，總是被學校拒於門外，結果廠商找上了我，問問我有沒有辦法幫忙他們，在學校辦場演唱會。當然，天下沒白吃的午餐，我跟廠商要求如果我可以幫他們辦成演唱會，門票收入的 10%要撥給我們學生社團當經費，廠商也答應這樣的條件，但我們社團也必須幫忙銷售門票。

要辦演唱會，首先要搞定場地，學校新的體育館為了籃球隊，鋪了全新的室內地板，如果要辦這樣的演唱會，首先就得過體育處這關，如果地板弄壞了，這個責任又要學生來負，好吧，既然要辦就必須克服這個問題。

再來要跟全校的社團溝通，所以就召集了全校的社團社長來聊聊天，問問這些社團幹部的意見，看看他們支不支持辦這個演唱會。第一次開會，支持率並不高，全校四十個社團，只有八個社團願意協助。好吧，那也沒關係，有總比沒有好，不過在開完會之後，我仔細的思考，這麼多社團不支持，應該是這個演唱會活動不太吸引人，我隨即聯絡廠商，問問他們可以敲什麼樣的藝人來。

先敲定了演唱會時間，大概是第一次期中考後，那廠商開出的藝人名單，實在不具吸引力，很多都是當時的新人，聽都沒聽過，主持人更是沒聽過，這樣的表演卡司比鄉下廟會的活動還要糟糕，我與幾位學長姐討論之後，看來這個演唱會，是很難辦成了。

就在這個活動即將胎死腹中之際，在地的獅子會辦了捐血活動，捐血車開進了學校門口，那就來捐血吧，還有免費的餅乾飲料可以拿。捐完血之後，我隨口問了穿獅子會背心的叔叔阿姨，如果我在學校辦演唱會，你們會想來看嗎？

不知道是運氣好，還是天公疼憨人，正好問到學姊的阿姨，阿姨拿了名片給我，原來這位阿姨還身兼愛心社團的理事長，我靈機一動，不然，就來辦愛心演唱會好了！

回到教室，我馬上寫了個企劃書，就是校園愛心演唱會，而且一張門票兩百元，要付給廠商的燈光音響費用還有工作人員費用，大概要三十萬元，所以門票銷售必須要超過三十萬，多出來的費用，就捐給愛心社團，那麼這樣一來，是不是比較有意義一點。

至少學校就比較不那麼的為難，主辦單位就給愛心社團來掛名，我們學生社團就掛協辦單位。沒想到轉了個方向，學校竟然答應無償使用全新的體育館當演唱會場地，其他的社團也願意主動協助人力支援還有表演節目，企劃書送到學校訓育組，沒一個星期校長就批准了。

照片故事：
2012 年，受知名音樂製作人周佳佑的邀請，帶著幾位年輕音樂人到高雄巡迴表演，台灣的音樂創作力還是很棒，只是需要更大的舞台讓年輕人發揮，至少要先能填飽肚子，夢想才能延續。照片由左而右是河仁傑、夏格非、阿賣。

好的，接下來就要開始製作海報跟門票，只是還有一個問題，演唱會誰要來唱？我告訴廠商，你們要求的三十萬預算我們可以付，但你們可以開什麼樣的藝人來？因為海報跟門票要印了，接下來要賣票，不然，我把整個活動企劃書給你們，看看能不能找幾位有知名度的藝人，確保門票賣得出去。

在當年，張清芳跟林隆璇算是很難請的藝人，沒想到這兩位大牌竟然願意來我們的演唱會，而且不加價，這對學生來說，可是很難得啊，在那個年代應該算是天王天后級的，主持人是許效舜跟陳為民，還有東方快車合唱團，天啊，這是中頭獎了嗎？根本就是超強卡司的演唱會啊⋯⋯

好的，藝人都敲定了，場地也沒問題了，燈光音響的班也排了，那錢該怎麼來？
找來學長姐們商量，當年台中縣豐原地區大多是加工廠，很多中小企業的子女都在我們學校就讀，而且經濟能力都不算太差，既然是賣票，還要順便貼宣傳海報，我跟幾位學長姐就開始列名單，還有可以貼海報的地方，大家分工，務必要把這個活動辦好。當然，門票也得賣得出去才行。

照片故事：
電影《球來就打》內容描述國內職棒簽賭、打假球的現象，一個因為涉嫌打放水球被職棒界禁賽的棒球明星「烏米」（黃少祺飾），轉而在夜市賣雞排維生。在前輩博仔（洪都拉斯）引介下，來到青屯高中擔任球隊教練。十多年前，烏米背棄了對棒球的忠誠。但是今天，為了 Nancy（周采詩飾），為了給他重生機會的青屯高中棒球隊，他下定決心要為棒球而戰。我擔任電影上映的後期行銷，照片是在台北日新戲院首映會時的工作照。

只要是放學時間，我就會跟學姐騎機車去拜訪附近的工廠，最遠騎到大甲，那段時間我每天回到家都半夜一兩點，一早又要從彰化騎到豐原去上學。幸好，運氣不錯，這些家長們認購門票也毫不手軟，二三十張是基本，一兩百張的也大有人在。就這樣，在演唱會的前一天，門票收入竟然衝到一百多萬！當年這樣的金額都可以在台中買間套房了，扣除成本，還有給社團的經費，給愛心社團的愛心基金也十分亮眼。

這次愛心演唱會的舉辦經驗十分難得，學校裡學的行銷學、商業心理學、經濟學的理論，都在這個活動裡實踐了。後來，也帶著這次演唱會的志工班底，到校外接了許多大大小小的活動，開啟了學校社團的大航海時代。

雖然，後來我沒有繼續升學，卻是全校第一個還沒畢業就到企業上班的，畢業典禮當天，學校準備了一個社團貢獻傑出獎給我，但我並沒有出席畢業典禮，那天我人在澎湖帶團，也就是第一次搞砸錢收不回來的那團。這告訴我們，社會還有許多要學習的地方，不要因為幾次的小成功就自滿，應該更謙卑的面對所有挑戰，人生，永遠都學不完。

你身邊是不是有這樣的人？

酷愛吹噓，卻常常露餡；做出承諾，基本不會兌現；當面說的這一套，轉頭又是另外一套，滿嘴唬爛，簡直不知道他話裡能有幾句真，永遠都在糾結他哪句是真哪句是假。然而無論真還是假，一個總是欺騙、滿口謊言的人，絕對沒把你當朋友。朋友之間，可以保留自己的小秘密，卻不能有太多欺騙。有的人愛面子，有的人喜歡誇大，但這都不能成為說假話的理由。一個人如果不肯坦露真心，那也沒有必要真心對待他。真誠是交往的基本，那種沒幾句真話的人，早看清早點遠離，對自己最好。

一個團隊，如果不能共享成果，這樣的團隊，注定沒有好結果。
最近遇到曾經說話不算話的團隊成員，又回過頭來找我幫忙，老實說，我不是上帝也不是佛祖，沒有辦法兼善天下，也沒有辦法包容把我當成傻子的人，一而再再而三的尋求協助，所以，就算說得天花亂墜支票開得再多，我還是會毫不考慮的拒絕，就好比你被詐騙集團騙了五千塊，你明明知道上當了，他又一再打電話來詐騙你，如果你還會上當，那可就真的笨到無可救藥了。同樣的，當你幫助一個新創公司，你的團隊告訴你，等公司成功了，利潤要共享，而你奮力的幫公司完成許多艱難任務，公司上了軌道，卻告訴你，我們沒有安排你的位置，原因是公司沒有你的編制，也沒有辦法分給你任何好處，結果你無奈地離開公司，這間公司的一切成就，對外宣稱，都是掌權者一個人的努力成果，隔了三個月，公司又打電話來找你幫忙，說只有你可以協助完成那個案子，因為你對這個案子最熟悉，請問，你會怎麼做呢？

生命中，有太多的雞飛狗跳，有太多的兔死狗烹。
看不透的假面偽裝，正如猜不透的人心。弄不清的虛情假意，正如讀不懂的天書。與其多心，不如少根筋；與其紅了眼眶，不如笑著原諒。

這輩子會遇到數不清的爛人，這些爛人，恰恰是你人生最好的導師，他們的身上，充滿了無數的負面教材，會讓你看盡人性醜惡，感受到欺騙隱瞞，甚至造成金錢損失、身體傷害，當你看懂這些爛招，並學會一一破解，未來人生的路上將一路順遂，百毒不侵。遇到爛人千萬別心軟、別包容，快刀一斬，馬上遠離，並記取教訓，擦亮雙眼，這也是一種另類的修行，每一個爛人，都有其存在的意義。

大叔很重視誠信兩個字，話既然說出，就應該要去履行，如果自知能力不足，那話就不要說得太滿，團隊本來就是相互信任，如果被騙了一次，表示這個信任基礎已經動搖，如果一而再再而三的失信，這樣的合作關係，也只是堆疊在一個又一個謊言之下，就算你說了再多的道歉，也沒有辦法挽回當初的信任感。不論是在經營企業或是經營朋友，誠信決定一個人的價值，這是大叔堅守的信念，也是大叔的底限，不論你在生氣的時候對我說過多難聽的話，大叔都可以原諒，唯獨欺騙這件事不行。我想，應該有能力比大叔更好的人可以勝任吧，相信這麼有能力的人，一定可以找到更棒的團隊可以協助他，也祝福他人生的路上，可以一路順暢，飛黃騰達，財大氣粗。

不論做人還是做生意，講求的就是誠信，對客戶誠實，也要對你的夥伴誠實，如果碰到能力不足的時候，請說實話，相信你的夥伴一定會幫你解決，而別打腫臉充胖子，搞了一堆爛攤子，才叫人去收拾，這才是最讓人無法接受的。

喜歡在鋼索上生活的人，通常都有一種追求刺激的性格，喜歡超越自己，突破障礙，對自己的膽識有自信，當然在走鋼索之前，一定嚴格的訓練自己，自我要求，而背後的努力，是沒有觀眾看得見，只有在每次完美演出之後，享受短暫的歡呼，之後更努力的練習，挑戰更高的境界。

有另一種走鋼索的人，只貪圖眾人的目光與掌聲，卻從來不做訓練，看著別人輕鬆完成鋼索挑戰，就覺得自己也可以，然後就開始了表演生活，一切都是靠運氣，就只想要得到眾人的吹捧與掌聲，就覺得自己是鋼索大師，通常，這樣的大師，竄起的快，消逝的也快，沒有自我要求的訓練，很容易從高空墜落。

不論在任何領域中，都有人比你優秀，這些優秀的人除了天份，還有不斷的自我充實與努力，也懂得選擇朋友，成功的定義，並不是曇花一現的燦爛，而是成就更多後進，共同分享成果，永續經營，不斷追求卓越，並樂於分享財富。

天地之寬，不要自以為是，應該開拓自己的視野，不斷的自我充實，越成功的人，永遠都是最謙卑的。

沒有準備那就請不要開始，沒有能力也請不要承諾。
有本事任性的人，也要有本事堅強。
人生就是這樣充滿了大起大落，你永遠不會知道下一刻會發生什麼，
也不會明白命運為何這樣待你。只有在經歷了人生種種變故之後，
才會褪盡了最初的浮華，以一種謙卑的姿態看待這個世界。

命運是個欺軟怕硬的傢伙，
碰到意志堅定、敢跟它嗆聲的人，它就會乖乖地順服；
碰到缺乏自信、軟弱可欺的人，它就會想著法子的捉弄他，讓他度日如年。
只有真正讓自己強大起來，命運才會對你和顏悅色。
只有無畏命運的挑戰，才能在有限的生命裡，開出美麗的花。
只有將寂寞破斷，看盡人間冷暖，才能重拾喧鬧、笑看紅塵；
只有把悲傷過盡，體驗生離死別，才能重拾歡顏、談笑風生；
只有把苦澀嘗遍，用心體會五味，才能苦盡甘來、人生回甘。

體會了這些，就能更坦然地面對人生溝壑，走過四季風霜。
生命是一個漫長的過程，每一寸時光都要親身經歷，每一杯雨露都要親自品
嘗。

很開心，努力了 20 年，終於有些成果，很感謝一路上教我的人，還有那些
罵過我的人，以及那些陷害過我的人，最要感謝是那些看不起我的人，謝謝
你們！

人在流浪，要不斷地自我救贖。

不是倦了，就會有溫暖的巢穴；不是渴了，就會有潺潺的山泉；

不是冷了，就會有紅泥小火爐；不是餓了，就有熱湯麵魚肉飯。

每個人的內心，都有幾處不為人知的暗傷，等待時間讓它慢慢復原。

人生路上，時而風霜時而花香，起起伏伏跌跌撞撞，

而自己也時而笑顏燦爛，時而淚雨紛飛，

痛又快樂著，才是真人生。

二十歲以前什麼都不服，漸漸的知道，人外有人，山外有山，天外還有天。
三十歲以前什麼都不怕，慢慢懂得，敬天，畏地，尊人。
四十歲以前不是親眼看到的什麼都不信，除了看表象也要看真相。
隨著年齡漸漸的增長，流浪到很多地方，明白了知道不一定是悟道，
看到的不見得是真，看不到的不代表不存在。

當知道為自己而讀書時，表示長大了；
敢於面對生活時，表示成長了；
勇於創造人生時，表示成材了。
不要怕忙，忙是養分；不要怕孤獨，這時才是真正的自己。
人若低能，滿目悲催；懂得欣賞他人，才是無畏的天成。
要知道生命循環是一個圈，但要努力把它活成一個圓融的圓。
喜歡看不起別人，別人自然也看不起你。
越是忌妒別人，自卑心永遠會跟隨著你。
當你心中懂得欣賞別人的好，別人才會對你更好。
當你眼中看見的是生命的美，別人才會懂得你的美。

其實我並不是攝影或導演類科班出身，對於攝影技巧或是剪接方式都是土砲自學，當然用的設備也不是頂好，大概是小學生等級的硬體，也談不上什麼風格，但我知道有件事情，一定能拍出好東西，那就是專注與堅持。

前陣子，范大師住在成功鎮的朋友，音樂製作人鍾慧君透過范大師找到我，想請大叔幫忙拍一個小故事，這個業主是為了在美國念書的女兒，暑假期間要回到台灣，到偏鄉服務，雖然預算不多，但故事我很喜歡，所以沒考慮太多就答應這個案。開拍當天，跟業主小聊一下才發現，原來這次的案件他們在台北就洽詢過許多的專業導演，當然在一切講究速度與快速回收的商業環境裡，要拍一個短片所需要的就是金錢的堆疊跟事先的規劃，一個故事的陳述或是一個商品的展現，專業團隊來拍攝，可能只需要一兩天就能完成，但如果要拍一個真實的故事，則無法去安排任何橋段，只能讓它自然發生，那就需要時間與等待。

喜歡拍真實的當下，真實的故事，在拍攝的過程中，對大叔而言，正是閱讀一本有趣的小說，你會期待下一個鏡頭發生的事，很多時候都是意想不到的，或許是有趣的表情，亦或是殘酷的事實。廣告永遠看不清商品背後的真相，但紀錄片可以，商業手法永遠看不見真正的產品價值，但紀錄片可以。

當然，紀錄片所賺到的金錢絕對比不上廣告拍攝的收益，但紀錄片卻可賺到真實的朋友跟真實的人生。或許，這只是大叔個人眼中的看法，在這功利掛帥的社會，拍紀錄片的都是傻子，啊大叔就是喜歡當傻子不行喔……

故事背景是發生在台東縣東河鄉泰源部落。有一位熱情的媽媽，不願意讓自己部落的孩子失學失親，於是一手成立了泰源書屋，義務的提供課後輔導，並營造一個大家庭，讓這群孩子可以健康快樂的成長。

照片故事：
東河橋位處連接成功鎮與東河鄉的馬武窟溪出海口，建於 1930 年，本名「吉困橋」，它原本是由日本工程師所設計的一座吊橋，當時是連結東河部落和泰源盆地，以及通往新港的唯一道路，後因颱風損毀，而於 1953 年重建。由於橋的兩岸岩性不同，北岸為堅硬的石灰岩構成，南岸則是鬆軟的堆積層，河道中有巨大的石灰岩體，因此橋的北半段可設計為圓拱型，跨越河中及北岸的石灰岩，而南半段僅能設計成水架型。

台灣東海岸美景遠近馳名，但在中央山脈與東海岸間之海岸上，幾近封閉的山區則鮮有人探訪；因為此處對外交通非常不便，可曾想像：在台灣有一個村落距離火車站最近，仍需開車一小時以上，歷年來人口流失超過一半以上，10% 父母雙亡、68% 父母離異或隔代教養、60% 需要車輛才能上下學、76% 家境貧困三餐不繼、90% 課業及學習程度非常差！

泰源課輔班（泰源書屋）的學生就是生存於此窮鄉惡水、交通不便之偏僻山區，孩子除了身體還算健康外，其家庭、生活、就學、人際關係、行為、觀念、課業等均存在許多問題！此也是課輔班將繼續面對的問題，更是未來的使命！教育，是改變貧困唯一解決之道！

但巧婦難為無米之炊，需要協助的孩子越來越多，一切的開銷就落在書屋的志工媽媽們身上，在幾經波折之後，才想到部落最棒的，就是乾淨的環境與耕地，就在部落小農的努力開墾之下，經營起咖啡園。

泰源部落因為自然環境優良，並盛產桶柑、香丁、柳橙、香蕉等農作物，也引來了大批的台灣獼猴，幸好，猴子不喜歡吃咖啡，而這些猴子不吃的咖啡，正好可以照顧這些部落的孩子，但有了產業，缺乏行銷跟包裝設計，在台灣的咖啡市場難以銷售，在幾經輾轉，有一群台北來的孩子，聽到了泰源書屋的問題，趁著暑假，來到台東的泰源部落，想想該怎麼幫忙部落的孩子們。

一個部落的媽媽，怎麼會想要照顧不是自己的孩子？

泰源書屋的成立來自於小朋友口中的「媽咪」黃春華理事長，黃理事長為阿美族人，在高雄生活了十八年後毅然回到原鄉部落服務，主要工作是於各學校教導阿美族語。據黃理事長表示，一開始她只是讓小朋友於下課後到其租屋處寫功課，她本身擔任課輔的角色，慢慢的變成了一個讀書會的形式，後來在友人的建議下，於民國九十七年一月五日正式成立嘎屋啦瀚文教發展協會，並於九十八年十月七日成立泰源書屋。

黃理事長表示，「嘎屋啦瀚」的意思是喜悅、歡喜，用意是希望小朋友能發自內心的喜歡閱讀。起初，小朋友來到她的租屋處只是單純的應付功課而已，在黃理事長以及後來陸續加入的志工們耐心指導下，發揮了潛移默化的作用，漸漸的小朋友變得喜歡閱讀，在課業之餘會主動拿起其他讀物，對黃理事長而言，這是最大的回饋。

照片故事：
泰源部落有三個村莊，學童約有三百位，下課後到泰源書屋接受課輔的有九十七人，將近總人數的三分之一，周二、三、四的晚上平均有二十五位失親學童，免費在書屋上課，假日有七十位，但幫忙煮飯、打掃的義工媽媽只有十五人，老師僅四人。

台東縣東河鄉的北源村，是原住民阿美族的部落區域。北源村在日據時代被日本開墾種植咖啡豆，所以原住民稱北源村為咖啡園；目前泰源書屋在北源村擁有一萬多株的咖啡樹，預估每年可收成的咖啡豆約有一千多公斤，種植的這些咖啡樹都是在地小農採用自然農法的方式呵護著。

媒體多次報導台東縣東河鄉泰源村泰源書屋情況，引發社會各界關懷，資源也源源不斷湧入，書屋的教材獲得外界支援，捐款人士也增加，但書屋負責人黃春華說：「有需要的孩子越來越多，不能全靠社會救助，我們也要學著自力更生。」

泰源地區鄰近三個村落人口外流嚴重，隔代教養、清寒家庭居多，學童課後「趴趴走」，泰源書屋收容了高中職以下學生集中進行課後輔導及給予飲食照料，有的學生甚至以書屋為家。如今有 170 多名學童假日及寒暑假，三餐幾乎都在書屋度過，開銷極大，黃春華等老師帶著書屋國小高年級及國、高中學生，利用課餘時間，在「蒜竹林」已逝母親留下的荒廢農地開墾。

咖啡園經過當地農會的輔導，採自然農法管理、不施藥劑，種植咖啡、洛神花，師生常得上山拔雜草，也順勢採摘野菜回書屋「加菜」，如今開始有咖啡收成，師生都樂不可支；咖啡專家阮勇光先生知道書屋的狀況，樂意指導烘焙咖啡及技術，咖啡豆品質才得維持。

一百零四年初，泰源書屋開始量產、銷售「蘇竹林咖啡豆」，台北愛心人士也前來購買；意外帶動學生家長、在地貧困家庭把休耕田地轉種咖啡，與書屋結合銷售，收入部分補助書屋，其餘補貼在地貧困家庭的家計。今年書屋決定結合附近農民成立咖啡產銷班，可望量產行銷。黃理事長感慨的說：「沒想到書屋的自力更生行為，也能產生經濟效應，雖非大筆經濟收入，至少孩子獲得照顧，孩子們的三餐可以溫飽。」

一群來自台北的孩子，幫忙把「蘇竹林咖啡豆」，重新做品牌包裝與設計，因為這裡的咖啡豆都是猴子不吃的，所以設計了一個品牌叫「猴子不吃咖啡」，這部紀錄片就是在敘述這個感人的故事。

後來這部作品，取名叫做《猴子不吃咖啡》。

雖然只收了外面報價的十分之一的價格，花了一個多月的時間拍攝，自己也倒貼了不少錢，但很開心能協助製作這部紀錄片，題材也是大叔很喜歡的，如果大家有興趣，也可以到影音網站上搜尋，應該就可以找到影片喔！

訂購網址 http://kaulahan.org.tw
臉書粉絲 https://www.facebook.com/kaulahan
訂購專線 :089-891606
行動電話 :0988-203845 黃小姐
郵局劃撥帳號 :06703241
戶名 :台東縣原住民嘎屋啦瀚文教發展協會　黃春華

大叔從來都不敢自稱是"攝影師"，充其量，只能算是個熱愛影像紀錄的人，真正的攝影師，除了必須具備美學與色彩構圖的專業素養，更有高道德的攝影態度與人道主義，一張好的照片不是只有好看，更要對得起自己的良心。科技與時代的進步，能拿得起好相機的人比比皆是，尤其每次看到許多活動或是祭典，很多人拿著高級攝影器材搶卡位，闖入祭典中，甚至干擾活動，要求活動進行者擺姿勢或配合演出，只為了滿足自己按下快門之後的虛榮，這樣的拍照方式，是否有考慮到被拍攝者的心情，或是徵得被攝者的同意？道德永遠都應該要在相機之前，當自己不是因為職業身分而拍攝，那就不應該將自己的喜愛建立在別人的痛苦之上。

常在某些攝影社團，看到假借攝影師的名義，到處騷擾模特兒，這更讓人覺得，攝影師是否就是被當成"色淫師"？這無非讓真正喜愛攝影的人，更蒙上一層陰影。攝影，原本就是個人創作與情感的抒發方式，既然要把攝影當成是一種職業或是興趣，更應該要求自身的道德水平，在拿起相機的同時，是否能尊重環境、尊重人文、也尊重自己。

沒有太多背景的人，只好不斷地在錯誤中學習。

人生本來就是一場大大小小的賭局，時間就是自己的本錢，當賭到一無所有之後，才學會判斷情勢。有勝算的賭局，雖然回收少，至少不賠，勝算小的賭局，風險高，自然報酬也高。但如何在有限的資本裡小輸為贏，以小搏大，見好就收，端看自己對於人生的看法，是要穩健成長，還是風起雲湧，只要自己承受得起，自然可以揮灑自如。最怕就是遇到輸不起的人，死纏爛打，玉石俱焚，這樣的賭局，就該一開始就退出，早日看清對手，自然能逢凶化吉，游刃有餘，沒有人天生就是贏家，因為真正的贏家從來只靠經營不靠賭。

很多時候，我們連自己都不怎麼瞭解，反而總是急著去瞭解別人。

我們喜歡去評論別人，卻不願意花點時間了解自己。

給別人建議之前，先試著了解自己，當你越瞭解自己，給別人的建議才會越中肯，當我們只是用自己的判斷去給建議的時候，也先站在對方的立場想一想，感受他人的感受，才能真正體會他人的難處！

如果我們學會體會他人的感受，並設身處地的為他人著想，

當別人有求於你時，才能真正的幫助他人。

如果沒搞清楚問題的根源，而胡亂給建議，

事情只會越弄越糟，功敗垂成！

搞清楚事情的真相，別只看表象，

多花點時間閱讀一個人，你會從細節發現這個人的真實面。

照片故事：

這是百年前，客家先民傳承至今的「酸柑茶」。

在過去物質不充裕的年代，幾乎是桃竹苗一帶客家鄉親必備的保健聖品。隨著國民所得的提高，成藥的普及，而逐漸被遺忘。因為無毒、有機、養生等觀念的普及，還有養生或保健的茶品也逐漸風行，使得客家先民留下的寶貴資產「酸柑茶」又恢復了生機。這是台東鹿野林旺製茶廠製作的有機酸柑茶，需經過九蒸九曬，利用台東有機白柚，加上林旺製茶廠生產的有機茶，遵循傳統古法，歷經半年的時間，才能生產出這工序繁複卻又健康養生的好茶品。

學習他人長處的人，是謙遜的人；傾聽別人意見的人，是明智的人；
肯於接受批評的人，是自省的人；善於分析得失的人，是聰明的人；

當你與眾不同，便會孤獨，所有批評與排斥，都是孤獨者的光環。
問問自己，願意和批判你的人們交換人生嗎？我想答案是很清楚的。
不需要全世界的理解和陪伴，不必強求無所謂的結果和答案，
人生在世，知道自己愛什麼，知道自己要什麼，那樣就好。
有了上述四種品德時，便會成就包容，有了包容之心，無論身處順
境逆境，都能懷一顆至真、至美、至善的心，走向最美境界。

知道你要什麼，知道你在做什麼，就夠了。

照片故事：

阿里山茶最大的產區，嘉義縣梅山鄉瑞峰人窯拍攝，也是因緣際會來這拍攝社區產業故事紀錄片，因為這裡常年雲霧繚繞，拍攝時運氣很好，剛好雲霧形成如仙境般的景象，所以我取名仙境茶山。也特別感謝嘉義滿棠茶品的邀請。

滿棠茶品網址 http://www.maintang.com.tw/

照片故事：
被國際媒體評為「世界九大新地標建築」的台中大都會歌劇院旁邊的裝置藝術，光影藝術節由薩巴卡瑪策展，作品「無中聲有之聽覺光景」，則是運用冷光線素材將線條重新排列組合，並搭配藝術家原創音樂創作，呈現光影藝術的震撼性和獨特性。

人總要慢慢成熟，將這個浮華的世界看得更清楚，看穿偽裝的真實，看清隱匿的虛假，很多原本相信的虛實，便會改觀。

不要只看表象，成熟的靈魂懂得分辨真相，看穿真相背後的真相。

但還是要去相信，相信美好，相信良善，相信最終善的決定權還在我們手上。

相信這個世界裡美好會多過陰暗，歡樂會多過苦難，智慧會多過愚蠢。

還有很多事，值得一如既往的相信，值得體會與領悟。
生活，是一種經歷，也是一種體驗；生活是一種感受，也是一種積累。
生活沒有答案，生活也不需要答案。

照片故事：

現代年輕人的價值觀真的很有趣，很多的真實故事是這樣的。有個很努力工作的年輕男孩，遇上了幾個心儀的年輕女孩，其中幾個女孩說，「要跟我出去的話，我不想坐機車，也不想坐貨車，要吃餐廳不要吃路邊攤，如果做不到，就別想追我……」年輕男孩聽了很失望，就放棄追求的念頭，繼續耕耘自己的農田，三年過去了，年輕男孩小有成績，但還是開著貨車，這時候之前心儀的女孩都分手了，因為她們那些開轎車吃餐廳的男友，都是打腫臉充胖子，一個月兩萬的薪水就貸款買轎車，最後車子被拍賣了，女孩們因此離開了，這些女孩又回過頭來找這年輕男孩，年輕男孩便斷然拒絕，因為看清楚這些女孩的思維，並不適合一起度過下半輩子。

這個真實的故事告訴我們，想跟這些蠢妹在一起，只需要買一部好車就可以了……哈哈哈，不是啦，大叔的意思是說，家財萬貫不如一技在身，種田也有可能變成田僑仔的，那些愛慕虛榮的女孩，不適合也不會幫你守住家業的，就讓她們後悔吧……

162

放棄也是一種選擇。任何收益都要付出代價，沒有放棄就不可能得到。放棄，是一種量力而行的睿智，一種顧全大局的果敢。放棄並不代表失敗和氣餒，明智的放棄恰恰是為了得到。

很多時候，選擇了放棄，便是選擇了成功和獲得。如果什麼都不想捨棄，可能會失去更多；如果能夠主動放棄，往往會有許多意外收穫。放棄了台北的生活，也放棄了商業考量，卻在小小的部落裡面，看見人生真實的美好，生活的單純與生命的堅強，當下才發現，原來傻子才能體會真正的幸福……

不好的，刪除；美好的，留下。人生就是一刪一留，生活就是一加一減。遇到氣憤事，趕緊忘記；遇到難過事，盡快遺忘。

每個人的價值都應該由自己決定，如果有一天，孩子們在外碰到一個胡亂批評、愛給別人打分數的人，心情不是會大受影響嗎？難道你的價值，是根據那個人的分數高低來判斷的嗎？請一定要相信自己的價值，即使現在因為年紀輕，尚不能明白這些批評的用意，也希望能夠記住這句話，跳出社會的框架，畢竟「自己的價值由自己決定」。

當生活從沒給你好過時，才會發現生活僅僅是一個過程，而這個過程無論多麼複雜，最終結局都是一樣的，沒有走到生命的最後，無法體會生命的意義。

生活注重的是過程，而不是結局。我們只有在過程中學會成熟、理性與真實。

只有經歷過地獄般的折磨，才有征服天堂的力量。

拍攝地點：嘉義縣梅山鄉瑞峰大窯

遇到不懂欣賞你的人，千萬別在意，只是你們之間的差距太大，層次不同，願與你深交的朋友，絕對是懂你的人。要讓一個沒有藝術素養的人理解你的作品，實在太困難了，不是你拍的不好，而是因為他素養不夠，所以看不懂，下次有拍簡單一點的作品再請他欣賞，就一定會獲得讚賞的！

沒輸過的人，面對更強者，常常會輸得一蹋糊塗；
沒摔過跤的人，面對崎嶇路，跌倒了往往爬不起來；
沒體會過饑寒的人，貧困註定會成為最後的歸宿；
沒歷經拼搏的人，現存在身邊的多數不會長久。
從哪裡失敗，就該從哪裡爬起來。
專注於一個方向，終會比別人走得遠些。
花香，常在夜色中綻放；
奮進，常在孤寂裡潛行；
成敗，常在路途上消長。

要呈現出一部好的影片，是必須要靠整個團隊的努力運作，參與團隊的過程中，我很害怕遇到完全沒有團隊觀念的人，也很不喜歡遇到不懂裝懂的偽專業人士，之前參與過幾個影片的製作，就遇過完全不懂狀況的主管，雖然大叔不是領主管的錢，但為了要讓每天進度順利完成，就必須多管閒事，幫忙處裡那些狀況外的主管不去或不懂處理的細節。

這樣的態度對於薪資會有所增加嗎？答案是不會的，但對整個拍攝團隊絕對有幫助，每天進度會順利完成，甚至超前，這對於出資方來說，就是減少成本，而且能準時收工，只要幕後工作人員都能得到多一個小時的休息，那麼拍出來的成果一定會物超所值，這樣的多管閒事絕對是正確的，雖然這樣做會被這些不懂裝懂的主管盯上，也會讓他們很沒面子，不過我相信，做對的事情，受益的人一定會感受得到，很多事情，不用自己誇耀彰顯，如果成果能令人滿意，那麼，就是身為一個影像工作者最大的驕傲。雖然觀眾們看不到幕後工作人員的辛苦，但作品呈現出來的，觀眾絕對有感！

很多人會認為得獎之後就要清高，紀錄片不應該商業，通常會說這些話的人一定沒拍過紀錄片，敢拍紀錄片的通常俱備"不怕窮"的能力跟"傻"的勇氣，沒有金援的情況下，有幾個導演敢拍紀錄片？如果拍片不能有同等收入，有幾個人敢繼續堅持下去？請不要用外行人的角度去看拍紀錄片的人，他們也是血肉之軀，也要吃飯睡覺，有帳單要付，如果你要請這些朋友幫忙你拍攝，還是要付錢的，要不然，你也可以自己試著拍看看，千萬不要一副出錢就是老大的心態！

當然，拍紀錄片絕對可以放進商業邏輯，只是拿捏要十分精準，不然你拍出來的東西就像個商業廣告，無法感動觀眾。商業可以放在影片之外來操作，這樣不但可以兼顧拍攝者的生計，也能讓影片裡的理念被看見，作品的好壞，只有觀眾的反應最直接，喜歡跟不喜歡就別太在意了，台灣不是共產封閉的國家，任何事情都可以被檢視跟批評，喜歡你的人就會支持你，不喜歡你的人就會砲轟你，如果這些批評你不能忍受，那麼就不要選擇這個行業，如果你清楚知道自己在做什麼，那就堅持到底不要放棄，如果你要賺大錢，也不要選擇這個行業。

在台灣經營自己還是需要運氣跟心態，懂得抓住潮流，掌握機會，還是可以在各行各業的領域找到自己想要的生活方式！

喜歡在台東，看著時光慢慢流逝。十月初，哥哥帶著朋友來東部玩，明顯感覺到都市人的那份不耐煩，要去吃遍網路上寫的台東小吃，看遍網路上寫的觀光景點，卻忘記讓自己的心情放慢下來，好好的呼吸乾淨的空氣，體會太平洋上的風吹過臉上的感覺，三天兩夜的台東行，大叔不明白她們究竟來台東是為了拍照？還是來享受大自然的洗禮放鬆？下次如果你也想來台東，請記得把腳步放慢，就算你坐在海邊一動也不動，你慢慢會明白我說的那種慢活的輕鬆！

生活在這片土地上，可惜很多人對自己所居住的土地不是很熟悉，很多地方沒時間去，很多地方去了也不了解當地的歷史文化。或許，我們可以在空閒之餘，到附近走走，花點時間認識曾經在這片土地上發生的人事物，你會發現，在生命中有許多巧合與驚喜，文化得以延續是因為有人關心，環境得以改善是因為有人在乎，或許有一天，我們都可以告訴我們的下一代，在這片土地上所發生的開心與驕傲……

很多人喜歡用錢解決事情，車子壞了送修，東西壞了買新的，漸漸的，人類最原始的求生技能不見了，創造力不見了，離開科技之後，就無法活下去了。

這些年在台東，慢慢找回了人類基本的求生能力，渴了就找水源，餓了就吃野菜，累了就找涼亭睡覺，沒有金錢，人也是能在自然界找到生存的方式，自然也能省下很多花費，把錢用在真正需要的地方。

最近跟家人或朋友外出，要買垃圾食物都會被我制止，我說：「賺錢很辛苦，不要花錢買垃圾吃到肚裡，最後要把錢送給醫生花」，吃健康的粗食，有空多運動，找回人類最原始的求生機制，總有一天會派上用場的……

這張照片是２００９年拍的，當時的體重大約一百三十公斤，很多人叫大叔「神豬」或是「鄭則仕」，要不就叫「胖子大叔」。其實會這麼胖的原因，就是因為逃避，逃避那些我不想面對的過去。自從當遊民之後，常常三餐不繼，只要有東西吃，不論多少，都會照單全收，因為永遠不會知道下一餐在哪裡……

雖然生活過得十分清苦，也遇到更多人性的險惡，不過也因為如此，讓大叔重新思考自己的做人態度。執著是一種負擔，甚至是一種苦楚，計較得太多就成了一種羈絆，迷失得太久便成了一種痛苦。放下是一種胸懷，是一種成熟，是對自我內心的一種自信和把握。放下，不是放下夢想，而是以豁達的心態去面對生活。

那段時間，運氣很好，有很多朋友照顧我，而這些照顧大叔的朋友，有大部分生活也過得不是很好，但卻都願意分享他們僅有的東西，大叔很感動，所以才選擇待在台東的部落，用所學會的專業與能力，協助他們發展產業。

一晃眼，幾年過去了，明白一件事，就是"施比受更有福"，從一個被幫助者，轉變成為一個幫助者，這段路不好走，需要丟掉自己的包袱、彎下腰、放下身段，學會傾聽，並解決問題與困難。雖然做這些事情，對於需要面對的債務並沒有太大的幫助，但心靈層面，卻感受到前所未有的震撼與滿足，也慢慢的從憂鬱封閉的深谷中走出來。

學會選擇，懂得放下，人生才能如魚得水。
選擇是一種量力而行的睿智與遠見，放下是一種顧全大局的果斷和膽識。生命的真諦，便在取捨之間。只有學會選擇，才能撥開生活的重重迷霧，澄澈清明，找到屬於自己的人生方向；只有懂得放下，才能卸下種種包袱，輕裝上陣，迎接生活的轉機，安然度過低潮。

2010年，不知道為什麼，心裡有個聲音告訴我，「你需要改變」，或許是因為之前在徐明催眠學院徐老師那邊工作，接觸到自我催眠，再加上看了《秘密》這本書，我才知道，大叔變胖的原因竟然是焦慮所引起。

以前吃飯一定要吃到撐，因為擔心下一餐不知道在哪，自從當兵退伍之後就很討厭運動，後來下定決心之後就開始鍛練，剛開始連十下伏地挺身都做不起來，現在一天大約可以做兩百下，之前穿不下的褲子，現在穿起來要繫皮帶。

第一次徒步環島之後，體重大約減了十四公斤，之後就很注意飲食調配，將澱粉類的食物減量，第二次徒步環島之後，體重降到了一百公斤以下，最終目標是能降到八十五公斤，回到剛退伍時的體態，減少身體的疾病。

自從父親離開，更讓我感受到身體健康的重要，現在你照顧好身體，以後是身體照顧你，肥胖不是病，胖起來要人命，想當帥大叔，不想再當神豬了。

請多多鼓勵我，一人一句話，解放大神豬。

世上沒有不彎的路，人間沒有不謝的花。

人生如四季輪回，既然有春天的花開，也就有秋天的落葉；既然有夏天的驕陽，也就有冬天的風雪。一個人只有經過困境的磨難，才能煥發出生命的光彩。苦難是立在現實和未來之間的一扇紙糊的門，只要敢捅破它，前方一路坦途。

每次心情很憋，就想成又是一次的蛻殼，每次蛻完殼就會變得更強壯，命運既然那麼愛挑戰，那就來吧！！

人生的路上，無論我們走得多麼順利，但只要稍微遇上一些不順的事，
就會習慣性地抱怨老天虧待我們，進而祈求老天賜給我們更多的力量，
幫助我們度過難關。

但實際上，老天是最公平的，任何一個障礙，都有它存在的正面價值，
只要你願意，都有可能成為一個你可以超越自我的契機。

時間是往前走的，所以一切事只要過去，就再也不能回頭。
這世界上即使看來像回頭的事，也都是面對面的完成。

我們可以轉身，但是不必回頭，
即使有一天，發現自己走錯了，也應該轉身，大步朝著對的方向去，
而不是回頭抱怨自己錯了。

長得帥氣，自己卻不知道，這就是氣質，有許多才華，別人卻不知道，這就
是修養。要感謝朋友，因為他們給了許多幫助，要感謝敵人，是他們讓自己
更堅強，被恨被討厭的人沒有痛苦，而恨人卻會遍體麟傷，所以，不要恨人，
有一天，他們終會自食其果。帶著感恩的心，不要留下太多遺憾，人生短短
幾十年，憂也一天，喜也一天，不鑽牛角尖，不生悶氣，人舒坦，心舒坦，
人生自然輕鬆爽快。

怎樣度過人生的低潮？

安靜的等待；好好睡覺；鍛練身體，無論何時健康的身體都用得著；
和知心的朋友聊聊天，基本上不發牢騷，回憶快樂的時光，想想愉快的經驗；
多讀書，多看電影，傳記勵志都不錯，增長知識與見聞，
順便還可看看別人倒楣的時候是怎麼挺過去，再想想自己該怎麼走出來；
不然就是把自己的故事寫出來給別人笑一笑。

心情放輕鬆，臉上放笑容，有錢就去旅行，沒錢就去流浪，
或許十天半個月，就會發現，把自己陷入低潮是「蠢」不是「潮」。

寬容是一種生活態度，
是一種不會傷害到別人，但是卻能讓自己獲得歡愉的人生哲學。
多大度量成多大事，學會「寬以待人，容以寬心」，
不再計較、不再整日為小事而執著，
大事挑於肩輕如鴻毛，天下事容於心輕鬆自在。
寬容易得友，容易與人相處，見事而不懼事，
見天則走出戶外，天是藍色的，輕風拂面，大地聽你訴。

對人寬容，對事也要寬容，徹底敞開心胸接受這個世界。
反之，把自己關進一個小空間裡，動彈不得，
心如處於井底，你容不下世界，世界也容不下你。
憂鬱感隨之襲來，天色也因你變得一片昏暗，大地死寂一片。

寬容則心無負擔，做事能專心，也會變得積極，
遇到了困難則想盡辦法解決，不憂不慮、無懼無悔。

寬容與積極是並行的，有了積極的心，逢山開山、逢水架橋，
寬容培養大肚，心中裝得下世界，容得下所有的言詞、毀謗，
有了寬容的心，也比較能夠做大事，比較容易實現自己的願望
與目標。

我們努力培養自己寬容的心，
就是在培養自己的風範與器度，
就是讓自己能夠邁入一個嶄新的世界。

人的一生，究竟在追求什麼？

這是一個沒有標準答案的問題，這個問題問一千個人可能會有一千種不同的答案。但應該知道成功有很多種定義，有些人終生都在追逐名利，他們生活得也許很快樂，有些人畢生都在燈紅酒綠中周旋，這樣的生活對他們來說是幸福的；還有些人在平淡充實、日復一日的工作和生活中度過平凡的一生，這對他們來說何嘗不是一種幸福呢？

大社會對於成功的定義，就是金錢，或是外表。但對於修行的人，卻是自我精神的超脫跟宇宙的連結，修行的人摒棄了金錢的追求，成功的人不明白精神的超脫，這兩種不同的追求，都可以滿足追求者的慾念，修行的人如果過於執著，容易走火入魔，死要錢的人過於執著，也會走火入魔，真正的修行或是賺錢，並不是衝到極致就叫成功，而是與大自然的鏈結還有宇宙的真理，達到一個平衡的境界。

氣質，是精神深處的美不斷修煉；深刻，是靈魂深處沉痛的呼吸。
生命是一場盛大而私人的修行。對於大美的塵世，詩意的氣質是要告訴你有多該來，而被痛苦噬咬過的深刻，是要告訴你來一次多麼不容易。

生命中有很多的事要去圓滿，當靈魂回歸來處時，宇宙會看在人間修煉的多少，決定你下一個去處，這輩子所經歷的事情都有其原因，千萬別虛度，要專注並投入的去完成每一個任務，因為這些經驗，都是精神上的體會，靈魂的覺悟。經歷過很多的喜怒哀樂，離合悲歡，都是洗鍊自我的方式，並從中去感受生命的精華，經歷越多，靈魂就會越澄澈清明，在跨越空間之後，這些都會回到宇宙的知識庫裡，讓更多的生命型態去提取使用，這就是生命存在的意義。

人的一生，最重要的是修煉自己的心，不貪、不慾、不愁、不恨，感受他人的感受，並盡自己的能力，去付出、去憐憫、去愛。

照片故事：

２０１５年，大叔籌備拍攝一支紀錄片「紅藜先生為土地而走」，這次為土地而走的行動，希望能喚起台灣人民對土地的珍惜與愛護，台灣乾淨的農地已經越來越少了，自從政府開放ＷＴＯ之後，再加上奇怪的休耕政策，連帶影響到台灣"食的安全"，再加上這些年來的教育改革，使台灣年輕人願意回鄉務農的比例越來越低，就算回鄉，農地的價格也高得嚇人。

台灣未來的農地與農民面臨到十分糟糕的危機，東海岸可耕種的農地變成了渡假村預定地，美麗的阿朗壹古道，其中一段變成了核廢料儲置場的預定地，十年來，台灣有四‧六萬公頃、相當於約一千七百七十座大安森林公園的耕地，從地球上消失。其中有相當於十五個台北市信義區的面積，拿去蓋住宅與農舍。我們很擔心再這樣下去，我們的下一代還吃得到乾淨的食物嗎？

台東這條山路平常很少人走，那天不知為什麼，心血來潮，想看看這條山路可以通到哪去，但這個土地公小廟，吸引了我的注意。

好可愛的土地公，可是祂好可憐，歪歪的在路邊，索性就按了快門，回來整理照片的時候，剛好被台東無國界餐廳的女主廚小柔看到，就問我這土地公廟在哪裡呀？請我帶他們去看看。

原來這些朋友，不知道從什麼時候開始，存了一筆土地公廟修繕基金，基金的來源竟然是打麻將來的，自摸的人就要抽五十元出來，給土地公當基金，這筆錢，原本是要用在新北市瑞芳鎮水湳洞旁的土地公廟遷廟的，只是看到這台東在地的土地公廟也很需要，經過這些牌友的討論，決定先挪一小部分，來幫忙這土地公廟扶正。

帶著這群土地公修繕基金的善良賭徒看完現場之後，女主廚小柔當下擲筊問了土地公，什麼時候可以來幫忙把土地公廟扶正，也不知是福至心靈，還是心有靈犀，小柔說了一個時間，是在２０１４年六月九號可以進行修繕工作，當下我還特別查了一下農民曆，那天午時剛好可以動土耶，這這這 ... 真是太神奇了！

照片故事：
在環島探索時，經過台東鸞山部落 197 縣道上，發現一座歪斜的超迷你土地公廟，當時拍下照片放上臉書，想不到引起台東一群愛打麻將的牌友注意，大家決定每次打麻將時，從自摸的抽頭金裡集資重建小廟。

要動工之前，打算先去拜訪當地的村長，上山之後看到一家羊肉爐店，進去詢問村長的家在哪？跟店家說明來意之後，想要問問村長可不可以動工修整土地公廟，沒想到這店家裡幾位閒聊的阿嬤說，村長的家很多狗，去了會咬你，而且土地公廟歪了，也不關他們的事，你這個外地人，不要多管閒事啦！喔……當下聽完這些話之後，有點難過，就離開繼續尋找村長的家，但還是沒找到。下山之後，去了趟天后宮，請示媽祖娘娘的結果，要去問問陽間管轄的卑南鄉公所。回到工作室之後，馬上寫了封信給卑南鄉公所的鄉長信箱，接下來就等回覆。

後來仔細想想，原來那間羊肉爐生意不太好是有原因的，很多事情都是事在人為，當然不是鼓勵迷信，而是這幾年接觸部落文化與南島文化，深深的發現，人若不慈悲，不尊敬天地，不敬畏鬼神，自然也就活得不開心，對環境冷漠，相對的環境也會對人冷漠。

人，要懂得感恩。感恩，不一定是感謝大恩大德，而是一種生活態度，是一種善良的人性美。感恩一切好的，給我們帶來了幸福；感恩一切不好的，增強了我們追求幸福的能力。心存感恩，心靈才會獲得寧靜和安詳；心存感恩，生活中才會少了許多怨氣和煩惱。有感恩的心，才會有好的心態，才能發現更多的美好。

滿腦子只有賺錢的人，錢也會將人吞噬。總之，找不到村長，還是有辦法解決！

照片故事：
台東天后宮的歷史可以追溯至清朝時期，是台東市歷史最古老的建築之一。始建於 1889 年，所祭媽祖是福建省莆田縣湄洲島天后宮祖廟媽祖的分身。媽祖生辰、元宵節「諸神遶境」、「炮炸寒單爺」等祭典活動，其中又以「炮炸寒單爺」最為獨特。

為了土地公的家要動工，找尋村長未果，後來想到有個朋友在縣府工作，特地請了這位朋友前往現地勘查，還帶了衛星定位系統，查詢正確座標，也透過縣府的朋友協助，找到了該村的村長，經過電話溝通，村長也知道這個事情，口頭同意我們進行整修，為了謹慎起見，還是需要通知土地所有權人，縣府的朋友將定位帶回後，明天再告訴我們地主是誰。

回到工作室後，收到了卑南鄉公所的回覆：「有關台端反映『您好，我們是卑南鄉民，我們在 197 縣道台東市往富源山上約 500 公尺處（朝南宮入口處），旁邊有一尊小土地公廟，因為廟基歪斜，我們打算自費修繕扶正，但不知要知會貴所哪一個單位，請給我們連繫窗口，讓我們方便在 6 月初動工整修，謝謝！！』乙案，因該地段為山坡地，惠請台端逕洽台東縣政府水土保持科詢問相關事宜，電話：323071。 謝謝您的來信，卑南鄉公所感謝您。」好的，看來土地公要搬家的事越來越明朗化，心中的不確定感也慢慢消除，接下來，就等地主浮出檯面了⋯⋯

就在等待土地公搬家的過程中，這時要命的智齒竟然同時長了兩顆出來，已經痛到無法正常工作，「牙痛不是病，痛起來要人命」，但這樣痛下去，實在受不了了，就抱著必死的決心拔牙去。

在網路上搜尋台東哪家牙醫評價比較好，原來拔智齒跟裝假牙還有分，最後打了幾通電話，就決定來葉欽志牙醫診所，去拔牙前還在擔心身上的錢不夠，幸好台東的好朋友，也是土地公贊助金的提供者，高姊跟法力，在大叔去看診的時候塞了五千塊。

到了診所掛了號，跟小姐說我要自費拔牙，小姐很貼心的告訴我，自費很貴喔，大概要四千元上下，老實說大叔原本打算放棄治療，但後續還是要繼續拍攝的工作，擔心這樣的痛苦會影響拍攝品質，再加上高姐跟法力的協助，還是決定同時把兩顆令人抓狂的智齒給處理掉！

在填寫病歷表的時候，並沒有在職業欄上填職業是農民，其實拍攝農業紀錄片，跟農業行銷是相關聯的，另一方面大叔本來就很低調，對於頭銜這種虛假的稱呼並不是很在意。

上了看診台，葉醫師問我為什麼要看自費，是不是不滿意台灣的健保，我跟他說：「因為這幾年收入不穩定，所以沒有錢繳健保費。」葉醫師繼續問"那你的工作是？"大叔說：「一邊從事農業行銷一邊拍攝紀錄片。」葉醫師問：「是哪方面的紀錄片？」大叔便簡略跟他說拍攝《穿越世界末日 - 為愛而走》的過程……

說完之後，葉醫師便開始麻醉，在等麻醉作用的過程中，葉醫師還幫大叔洗了牙，將陳年牙垢洗乾淨，漱完口，葉醫師問：「那你的收入來源是？」目前是靠打零工跟拍片的獎金，說完大叔遞上名片，並簡單的講述想法，趁我有能力的時候，多拍一些台灣農業與部落的故事，只是這樣的路不太容易走。

接下來，就是一陣刀光劍影、電鑽吱吱，經過了一番掙扎，那兩顆個性跟大叔一樣頑強的智齒，在葉醫師的巧手下乖乖就範了，接下來，葉醫師跟著到櫃台，示意櫃台小姐不用跟大叔收費，當下我有點愣住，用著還在麻醉中的大舌頭跟葉醫師說：「沒關係啦，我要付這筆錢。」就把手上高姊跟法力借的五千塊錢，拿給了葉醫師，葉醫師握著大叔的手，把錢推了回來說：「年輕人，加油！」說完便帥氣的轉身往另一位病患繼續看診。

離開診所後，帶著暖暖的感謝與麻麻的牙床，回到高姐家，心中滿是感恩……

在台東幾位善心好友的出錢出力之下，土地公廟在２０１５年三月十四號，再度進化，看到新廟落成，真的很開心，要謝謝台東這些熱心的朋友，也相信土地公能保佑這條山路往來的人們平安順利！

「麻將救神」的奇特事跡傳出後，負責蓋的承包商也十分感動，僅收材料費，工錢全免，經擲筊神明諾允後，眾人開始分工蓋廟，終於把一座原本殘破不堪的小土地公廟扶正、上漆，落成當日還擺上麻將磁磚等飾品以表紀念。由於重蓋的土地公廟是因打麻將自摸的善款經費而來，因此該土地公又被暱稱「麻將土地公」。

說來，也真的很感謝這些朋友，總是在我最困難的時候伸出手來幫我一把。得意時，朋友認識了你；落難時，你認識了朋友。只有在落魄時才懂，願拉你一把的人何其少。人生都有陷入低谷的時候，那時的自己或許會懷念曾經的輝煌；可是當處於人生輝煌的頂峰時，或許會嚮往閒雲野鶴的怡然。其實，人生無常，起落難免，守住自己的淡然心態才是重要的，秋天的落葉固然會留戀高高的枝頭，可是它明白只有積蓄能量，才能有來年的春暖花開。

照片故事：

一開始原本是要協助這間位於新北市瑞芳鎮水湳洞的土地公廟，因為當時廟方打算將廟移至高處，這樣神明才可以看得見海上的狀況，保佑往來車輛與船隻的平安，沒想到先幫助了台東在地的小土地公。發起人之一的高小姐說，她偶爾和許多牌友聚在一起打衛生麻將，都打 100、20 娛樂性質，牌友們討論後決定「只要自摸捐 50 元當行善基金」，並向神明擲筊得到允諾，豈料眾人開始自摸連連，手氣旺到爆。牌友們表示，因為不是天天賭，抽頭錢相當少，最後在歷時 2 年時間，自摸數總計達到 1700 多把，湊得 85000 元。但這牌，他們還要繼續打，繼續捐錢，因為願望更大了，愛心無國界，牌友們要認養尼泊爾的貧困兒童，盼能用教育協助他們脫離貧困，讓世界變得更美好。

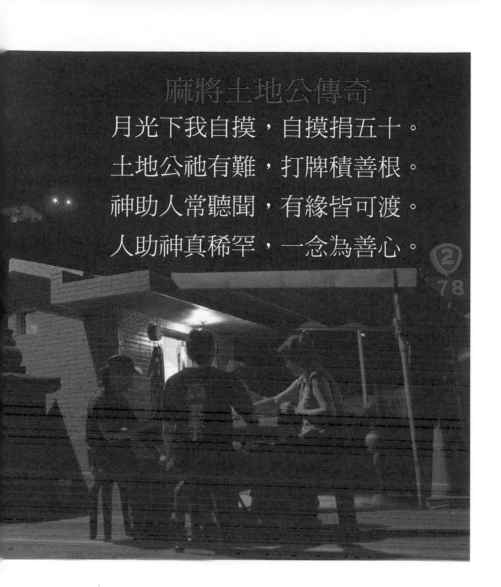

麻將土地公傳奇

月光下我自摸，自摸捐五十。

土地公祂有難，打牌積善根。

神助人常聽聞，有緣皆可渡。

人助神真稀罕，一念為善心。

②
78

187

照片故事：

中橫公路貫穿分隔台灣東岸與西岸的中央山脈，地形多樣化，從平地直到三千多公尺高的合歡山，中間有隧道、河谷等開鑿，亦經過太魯閣國家公園。

武嶺，舊名佐久間（鞍部）、南嶺，海拔 3275 公尺，是台灣公路最高點。從彰化前往花蓮協助拍攝原民台節目《美味阿樂樂滋》，騎車路過。

你的憂鬱我不想明白，你的哀愁我不想參與，你的痛苦我不願分享，那是一種庸人自擾作繭自縛的綑綁，那是一種自作自受自怨自艾的人生，你不選擇開心，痛苦寂寞就會找上門，其實，你還是可以活得很燦爛，只是你還沒找到開心的道路。

別急，等你想通了，開心的大門自然就會打開。

趁你還年輕，看幾本書去幾個想去的遠方，因為你的心還沒有完全麻木冷漠，還可以被激勵，還可以被感動。有些事你若是現在不做就再也沒有機會做了。一個人自以為刻骨銘心的回憶，別人也許早已經忘記了。

當你被忽略時，請不要傷心，每個人都有自己的生活，誰都不可能一直陪你。

都說世相迷離人心難測，就算知道了方向，還是會在塵世中丟失自己。眾生紛繁，煙花撩亂，匆匆而行的過客，在車水馬龍的街道上，迷失自己在人來人往。

曾幾何時，我們獨自行走在紅塵阡陌上，身邊的風景如風颯颯的飄過，我們卻獨坐在自己的浮萍上，一眼低眉，就錯過了身邊的萬水千山。

Mr.big

想了一夜，才發現自己蹉跎了歲月，忘了自己該有的使命與尊嚴。
身在荒野，卻言不由衷的隨波逐流，空轉，迴旋。想起過去，淚濕了棉被，就在失眠的夜裡明白了人生，總有許多的磨難要去面對。

雞啼，天明，又是三月，四十個年頭的風花雪月，何時是個清醒的人，又能睜眼看看真正的心思，是不是真的能夠勇敢，不讓生命白費。

照片故事：

淡水河流域周圍的原住民凱達格蘭族，早在漢人未移住台灣之前，即已開始利用「艋
舺」（獨木舟之類的小船）往來於河流之上。18 世紀淡水河及其支流的舟楫之利、
民生灌溉與漁獲，使得許多沿岸聚落因此得以發展。第二次徒步環島時，落腳淡水，
晚上來練拍照技術，偶然拍到漁民捕魚。

人生這本書，你願意也好，不願意也罷，都非寫不可；人生的道路上有許多坎坷，如果選擇面對，就成功了；如果選擇回避，那麼就白走一遭了；人生的路上，要學會珍惜，珍惜美好的一切，因為當一旦失去時，將會後悔莫及。

香腸這檔事，想吃也好，不想吃也罷，在烤的過程中，都必須逐條審查，才能熟透，香氣四溢，吃進肚裡才不會作怪，如果香腸在烤的過程中，沒有逐條審查就送到消費者的嘴裡，那暗藏在香腸裡的大腸桿菌沒有被炭火消滅，輕者會讓你肚痛腹瀉，重者併發其他危險症狀。

不論人生，還是香腸，都必須誠實面對，這樣明白了逐條審查的重要性嗎？

寧可被毒死，也不願被貴死，這就是台灣人的 GUTS 嗎？

一支感性廣告，就想收買消費者，還真有人買單。以前我家附近是養牛的，小時候常會跑進去牛場看他們擠牛奶，新鮮的牛奶真的沒有濃醇香耶，不知道那些進了加工廠的牛奶裡都加什麼，喝起來才帶點稠稠的，真正的鮮奶才不是那樣咧，廣告是拍得很好啦，品牌出問題真的確實不關酪農的事，後端的加工才是真正的問題，你明白了嗎？？

愛便宜的就繼續喝吧，反正賣黑心油都沒事了，你身體發生病變也不關他們的事，等你身體出問題了想求償，他們就會對你說：「你明明知道我們的產品有問題，誰叫你們要喝呢？」

抵制黑心廠商，沒有期限，不論是它的品牌或是它的企業，都不該放任它們，繼續危害台灣的下一代，要明白，黑心的不是牛，也不是照顧牛的酪農，是進到加工程序之後的那一端。

照片非當事牛奶，請安心食用。

我承認，我摸過奶，那是一次難忘的經驗。

高中時期，舉辦社團聯誼活動，因為是念商校，所以學校女同學比例很高，男生在學校算是稀有動物，每次上體育課時，男生總是被女同學趕出教室，因為她們要在教室裡換體育服，所以在當年的學校裡，男生是寶，也是弱勢。那年的聯誼活動，是三天兩夜，來報名的幾乎都是女孩，身為少數男生幹部的我，兼任活動的主辦人跟值星官，除了負責活動流程的安排，也要負責同學的安危……

活動當天，我們在豐原火車站集合，一百多位參加的同學要搭火車，到中壢的觀光牧場進行三天兩夜的活動，在車上就有很多女同學一直找我聊天，那時的我又瘦又帥，很多學妹對我有好感，但我的感情生活一直空白，可能是小時候父母親的教育，一直告誡我不可以欺負女生，雖然對女生有好感，卻一直不敢踰矩，就連牽手也不敢。青春期，同學們總是會流傳著色情漫畫，當然就對異性的生理構造有所好奇，而父母的告誡就如同孫悟空的緊箍咒，對於女性必須要尊重，以至於看到女孩從尊重演變成害怕，一直保持著安全距離……

到了宿營地點觀光牧場，開始分配帳篷與炊具，在安排妥當之後，開始了團康活動，從營區介紹一直玩到大地遊戲，在吃完晚餐之後，開始了大家最期待的夜間教育，膽量訓練活動。

夜間教育又是膽量訓練，活動幹部必須在一條伸手不見五指的路線上，安排各種不同的關卡，而參加的學員則必須八到十個人一組，通過這些看似可怕卻又搞笑的安排，走到終點，大家集合進行星夜談心的活動，第一天的夜晚就在這又驚又喜又害怕的活動中結束，大家的距離感也因為這個活動而拉得更近……

隔天，觀光牧場的工作人員特別安排了體驗活動，讓我們實際體驗酪農的生活，當然身為活動主辦人就必須示範給同學看，進到擠乳區，酪農葛格要我們體驗手工擠乳，那是我第一次接觸到乳牛，酪農葛格說，擠牛奶的時候不能太緊張，必須很溫柔的由上而下撫摸，這樣才能擠出牛奶。

這時笨手笨腳的我，要示範給大家看，真的很害羞，在酪農葛格的指導之下，我終於抓到訣竅，擠出濃醇香的鮮奶，這時女同學們發出嬌羞的讚美說，「學長好棒喔！」我的心裡也虛榮感覺到自己很棒，而被我擠的乳牛似乎也感受到那溫暖的手感，滿意的哞哞叫 ...

這是大叔第一次摸奶的經驗，跟大家分享！

照片故事：
花蓮拍到的水牛，是隨著殖民自大陸渡海遷移來台陸續引進，在台灣的開拓史上，水牛為農村的主要農耕動力，也為台灣創造了豐富的物產與輝煌的成果，水牛代表農村的勤奮耐勞的精神，更是台灣文化中常常被感念的象徵。

不要用財富的高低去衡量別人的品德，或許你擁有的沒有他多！
批評別人的德行很糟，先看看自己有多高尚；
批評別人的容貌很瞎，先照照鏡子看看自己；
不要用歧視的眼光去批評別人的外表，代表你的內心已經殘缺！
當別人不斷罵你的時候，反而讚賞他幾句，
會讓四周人驚訝，也令對方手足無措。
當別人不斷讚美你的時候，反而自損幾句，
會讓眾人佩服，也降低自己的壓力。

我們花太多時間在批評別人，卻很少花時間在檢討自己。
如果能把批評他人變成讚美他人，這世界將會完全不同。
如果能把讚美自己變成檢討自己，會發現生活有所改變。
滿招損，謙受益，古人說過，我們卻容易忘記。

在寫書的過程中，范大師打電話來，我們聊了一個多小時的網路電話，突然覺得這九年來，自己也改變很多，從一個遊民流浪漢，慢慢走回比較像人的人生，這幾年跟范大師算是亦師亦友的相處，我們都遭受到相同的人生課題，也逐漸在失望的生命價值中，看見自己的存在。

原來，人的命運真的是掌握在自己的想法，當念頭一轉，很多原本看是劣勢的發生，都能化阻力成助力，很多他人蓄意的傷害，換個想法，卻成為創作與生命中的養分，就像當年很多人看不起大叔，不斷的使勁羞辱，不斷的打擊利用，誰會想到當初這些人，到現在還是活在過去的窠臼中，而我們，早就已經在自己的領域中找到一片美好，並持續不斷地前進，當初那些把我們當傻瓜的人，在我們的生活領域中已經不知道消失去哪了，那些看不起我們的人，也慢慢發現我們跟他們已經無法在同一個思考點上，既然要衝，就該衝到這輩子都無法突破的境界，變成他們下輩子努力的目標。

把自己的人生夢想逐步實現，不要當個只會畫大餅、空談理念的人，而是要當個已經實現了目標，再來分享過程與故事的人。

每個人都有自己的唬爛方式，既然要唬，就拿出實力來唬，都幾歲了，還在玩假扮紙老虎的遊戲，這個社會雖然只看成果不看過程，那麼就更用心去過好自己的人生，享受自己努力的過程與成果吧。

有些狀況，在無法改變時，不妨先適應它，不斷地積累經驗。
當你準備好時，屬於你的機遇，會在不經意中翩然而至。
人生並不是一路坦途，跌倒了，你可以哭，但必須要堅強地站起來，
要知道眼淚只能博得同情，卻也讓你更加脆弱。

回歸生活的細節，不管當下遇到多糟的際遇，心情如何，
我們有責任先吃好一頓飯，睡好一個覺，照顧自己，收拾自己。
在生活的細節裡，我們有責任活好活滿每一天，每一刻。
每天起床時對著鏡子，對自己微笑三次，告訴自己今天也要展現得這麼美。
每天睡前感謝這世界的給予與今天發生的一切，並好好修正自己的錯誤。

明天無論發生什麼，先善待自己。然後勇敢的去愛去恨，去夢去闖。
不要把時間浪費在抱怨、傷心、八卦流言了！

一定要相信，只要心中有愛，不會有到不了的明天。

模特兒：台東現達仁鄉土坂部落的田希倫

大叔 不 懂 愛

站在愛情門外，曾以為愛情就是一切，可以衝破任何艱難險阻，能夠讓生活充滿七色彩虹。只有走進愛情，才知道自己錯了：愛情有時弱不禁風，抵禦不了微不足道的考驗；也有險灘沼澤，需要小心地提防；也有陰晴圓缺，喜怒悲歡交替上演。如天空一樣，愛情裡時時有白雲飄過，偶爾也會陰雲襲來，堅貞的愛情在於信任，而信任的基礎在於真誠，只有真心，才能經過歲月的考驗，和相愛的人一起相守到老……

很多女孩一旦被人感動了，就會迅速愛上對方，經過了真正的相處與了解之後，才知道對方是個爛貨。

浪漫不是愛，噓寒問暖不是愛，陪聊陪笑不是愛，那只是為了達到目的的手段。真正的愛，是犧牲了自己某一部分，來成全你，讓你變得更好，必須要包容你，愛護你，保護你，並願意跟你一起成長，一起白頭。不要找一個感動你的人，而要找愛你的人。愛不是感動，而是成全。

相處是這樣的，相處起來舒服，就算整天黏在一起，也不覺得煩，這跟「愛」沒有關係，因為彼此看得順眼，自然就舒服。

「愛」是要去包容一個人，因為相處起來不舒服，必須要忍讓，這才叫愛，因為要付出更大的心力去體諒與關心，甚至要去承擔不是自己犯下的錯，這才是愛。

跟相處舒服的人一起生活，是一件幸福的事，因為心靈相近，可以溝通，所以容易生活得很簡單又很充實，就算相處時間再長，也感覺很短。

跟很難相處的人一起生活，是一種折磨，因為很難溝通，又必須容忍，所以生活起來摩擦很多，溝通很少，因為已經懶得再多說一句，就算時間再短，也度日如年，所以需要「愛」。

「愛」是一種受虐的極致，因為這樣的錯愛，會造就很多不愉快的結果，如果遇到相處不舒服的人，就趕緊離開，或是把它當成是一種修練，或是一種上班下班的態度，時間到了，就趕緊抽離，去找一個相處舒服的人，生活自在的環境，哪怕陋室，也滿室馨香。

回首來時路，一切的快樂和痛苦都是屬於我們自己的人生片段，
縱然曲折坎坷，即使傷痕累累。選擇了遠方，就該風雨兼程的飛翔。
追求我們的夢，即使一路是美麗的風景，即使我們想要放棄時，
抬頭看看遠方，回頭看看來時的路。

一切的一切都不允許我們放棄自己，選擇了遠方，那就努力的飛翔。

跟會為難彼此的人相處，不如找一個彼此舒服的人相處。
但通常都會找到一個跟自己相近的人，而不是彼此包容的人，這
樣就好比跟鏡子生活，你生氣他就生氣，你吵架他就吵架，所以
要如何擺脫這樣的生活，首先要提昇自己，不論是眼界還是智慧，
當自己提昇之後，遇到的人也不會差到哪去，多認識比自己強的
朋友，不但能看見自己的不足，也能學習到自己不足的部分，整
天跟一窩等死的雞相處，永遠當不成翱翔天際的鷹！

要相信自己的本能，絕對可以飛得很高很遠，只是一直待在雞籠
裡，這些待宰的雞只會消極的打擊你、看輕你、唱衰你，那何不
振翅試試，多練習、多揣摩、多學習，飛離雞窩指日可待。

愛的本質，也許是一種考驗，考驗彼此人性的明暗。
歡愉幻覺，不過是表象的水花。深邃太平洋底下的暗濤洶湧，
才需要費盡心力與之對抗。

我年少時對愛情是不得要領的，對人性與時間未曾深入理解，
於是不懂寬憫、原諒、珍惜。
現在我步入中年，經歷人生起落，才慢慢學會寬容、包容與珍惜，
時間的累積之後，卻讓我無法回頭去愛那些曾經愛我的人！

小時候我們拼命想長大，長大後才發現還是童年最無瑕；
讀書時夢想工作，工作後才明白，還是寒窗時代最閒暇；
單身時羨慕別人出雙入對，婚後才懂得單身的自由最幸福。
我們一路向前，走過春華秋實，卻錯過體會當下的感受，
唯有珍惜即時的擁有，生命的記憶裡才會少一些悔與恨。

這社會很現實，你沒錢不帥，沒人會多看你一眼，
就算你做了驚天動地的事，對現實的人來說，你什麼也不是，
如果想要跟現實的人一起生活，那就得用錢去砸他們，
他們才會把你當回事。
如果不想變成個現實的傢伙，
就選擇懂得欣賞你優點的來當家人，
真正的愛，是包容彼此的優缺點，而不是嫌棄。

照片故事：
台東「加母子灣休憩區」阿美
族之神聖海域 Kilumaan（海祭）
的場所，依偎都蘭灣北方，它雖
然嬌小，海浪平靜無波，底下卻
暗濤洶湧，而加母子灣的阿美
名 Kamod 原義就是抓取、獲得
之意。模特兒是擺浪饕餮的女主
人，小璟。

我們總錯誤的以為，得不到的，才是珍貴的，
已經擁有的，都是廉價的。
那只是一種美好的假象，用絢麗的外表來迷惑著我們。
因為被迷惑，所以不瞭解，如果有那麼一天，
距離近了，看見了真相，
才發現，原來我們當下所擁有的，竟是那麼的相似。
別把眼光停留在想像中，當下擁有的，都是幸福。

生命不過幾十年，
不知道是意外先到還是明天先到，
或許遇到就知道。
寧願做過了後悔，也不要錯過了
後悔。

生活中的歷練，
讓我們理解了責任，理解了這社
會能給我們的所有尊重；
於艱難中，懂得了承受，懂得了
堅定，慢慢地豐滿我們自己。
人生沒有永遠的悲傷，也沒有永
遠的歡樂。

我問我娘，為什麼跟父親的感情可以維持那麼久，我娘說，因為在那個物資缺乏的年代，甚麼東西壞了就想辦法修，現在這個年代，什麼東西壞了就只想換新。

說真的，常常看到好友們歡天喜地的結婚，但撐不過七年之癢，不少人的感情就分崩離析，勞燕分飛，是因為現代的生活態度與觀念潛移默化的改變，為了少許利益，或是生活習慣不同，夫妻之間就想把對方給換了，就連友情好像也是這般，所以現代人很寂寞，因為沒有真正能交心的朋友，也沒有海枯石爛的愛情。

因為不喜歡，就可以換，因為對方不能包容自己，所以就離開，或許再過沒多久，感情就變成了一種工具，一種相互利用的工具，那種把自己交給他人的信任，現在似乎已經很難見到。我的生命歷程中，常會掏心掏肺的為對方付出，直到現在，除了我的家人沒傷害過我，很多不好的經驗，卻讓自己對於全心全意付出這件事，有了顧忌，一再的信任對方，卻一再的被傷害，太重感情，卻也變成讓自己停滯不前的羈絆，或許，這也是自己從來沒去心理建設被傷害這件事，才會造成今天許多不好的結果。

真的很希望能找到能交心能共同分享的好朋友或是好情人，我會認真地去修理錯誤，奉獻我的能力，也會真心對待，你也願意嗎？

我在找真心的你。

人生路，是不能回頭的！
人無所捨，必無所成。
學會練就寧靜、隱忍、寬容、淡泊之心，
在面對艱難之際，才能從容自在。

淺笑看花開，無爭賞葉落，隨緣自適在，心靜自然涼。

唯有心靜，
身外的繁華才不至於扭曲和浮躁，
才能傾聽到內心真實的聲音。
有些追逐雖然狂熱，卻非自己真正所需，
只是為了應對社會、遷就他人。
有時再不捨，現實也要逼著你讓步；
有時雖勉強，也不願輕易放手，
把功名利祿當成追逐目標，是一種貪、一種慾、一種邪念、一種自卑。
也是普世社會的一種扭曲的價值觀，
而我們卻將其當成生活的圭臬。

內心飽滿的人，
是不需要太多品牌或頭銜，
來裝潢自身的外表，
而是散發出溫暖淡雅的自在氣息，
成為一個人人羨慕的品牌。

人生若是一齣戲，演主角的，跑龍套的，都是角色，各自把角色演好就是成功。

你沒看見聚焦的主角，要背的腳本一大疊嗎？如果自己是演個沒台詞的菜市小販，就真的不必為了主角的成功眼紅吃味，畢竟主角是付出了時間心力才得到他人的肯定，大方地讚美他吧，要是真的說不出口，那就默默地看人家謝幕吧。

有時間見不得別人好，不如多用點心把自己經營好！

你是自己人生的作者，何必把劇本寫得苦不堪言。
一切問題，最終都是時間問題。
一切煩惱，其實都是自尋煩惱。
人生，是一場盛大的遇見。
若你懂得，就請珍惜。

人生這部大戲，一旦拉開序幕，不管你是否願意，戲一定會演到結尾。
人生之戲，愛恨情仇是主旋律，喜怒哀樂是插曲，名利是非是"行頭"。
戲中你是演員，也是編劇和導演，戲的長短，戲的情節由你自己演繹。
人生如戲，但人生只有直播，沒有彩排，邁出的每一步都彌足珍貴。
人生如戲，全憑演技，就算劇本再爛，也要發揮得淋漓盡致。
自己認定的路，就算跪著爬也要爬到完。

每段故事都有一個結局。

人的生命歷程中，每一個終點卻也是一個新的起點。

不是路已走到盡頭，而是該轉彎了。

當遇到一件事，已無法解決，甚至是已經影響到生活、心情時，

何不停下腳步，暫時想一想是否有轉圜的空間，

或許換種方法，換條路走，事情就會簡單點。

一昧的在原地踏步、繞圈，只會讓自己陷入痛苦的深淵。

生命中總有挫折，但那不是盡頭，只是在提醒你：該轉彎了。

知道嗎？人的身上是有磁場的，就跟地球有南北極磁場一樣。

磁場是看不見的，但這種力量是巨大的，就像地心引力一樣。每個人身上的這種磁場，無時無刻影響著人生，你看不見的東西，並不代表它不存在，好比空氣。

一個人的氣質很好，外表精神，有修養，有道德，這個人的磁場就好，就會吸引好的事，吸引好的運氣。

一個人如果磁場不好，外表沒精神，萎靡不振，做事沒效率，如果磁場很差就會走霉運，衰事總是纏身，甚麼都不順。
腦子裡想甚麼，相信什麼，就有甚麼樣的磁場，這也就是「吸引力法則」。
思想吸引想要的東西，是積極向上的思想，磁場就是積極向上的。思想是消極負面的，磁場就是消極負面的，同時吸引消極負面的人和事。所以要加強自己的正能量場，就要有積極正面的思想。
做任何事不要以為別人不知道，不要以惡小而為之，不要以善小而不為。
這和佛家的因果思想是一樣的，善有善報，惡有惡報，不是不報，時候未到。
宇宙是圓的，是有因果法則的，有付出就有回報。愛別人，別人才會愛你，幫助別人，別人才會幫助你。

在日常生活中，會發現包括自己在內的、大量的「低能量」人，偶爾也會幸運的遇到「高能量」的人，這些「高能量」的人總是那麼積極樂觀，總是那麼快樂，總是那麼具有影響力，因為感到羨慕，所以被深深吸引，同時也希望成為那樣的人。

思想是「因」，「因」會吸引來「果」，你當下說的話，做的事，都會影響自己的未來，知道這個法則的原理，就會運用思想的巨大能量來追求所想要的一切，會變得有自信，會知道世間的因果法則，會懂得正確積極的運用自己的思想。

最近幾次的事件都讓大叔驗證了這樣的原理，大概花了十年學會正面思考，所以遇到再糟糕的事，都會當成學習的功課。這次出書的計畫，一開始只是想隨便寫寫自己的人生經歷，在閉關的一個月中，故事越寫越多，除了書中的內容，臉書的內容也變得豐富，似乎靈感都用不完。接著下來就是出書的錢，負債沒錢該怎麼辦，後來就投稿了文化部的藝術新秀發表補助，竟然也入選，也找到願意幫大叔發行的白象出版社，遠在嘉義的「一見市晴品牌規劃」首席設計師也願意幫大叔重新設計，因為腦子裡都不斷地強化出書的意念，都是正向的訊息，當然這過程中也有出現負面的人事物在干擾搞亂，但大叔卻沒有因此而放棄或受到影響，仍持續的創作，單純的就想把正面的訊息發散出去，沒想到，第一本書的內容遠遠超過預期，都可以集結成出第二本書的文字稿量。

早在八年前就接觸了「秘密」這本書，那時看完就覺得，「真的可以嗎？」真的是這樣嗎？"因為抱持著懷疑，所以意念的效果很模糊，所以生活一直停滯不前。經過這些年，讓自己的心境變得清淨，轉換壓力，轉換想法，雖然生活上還是很辛苦，但一直沒有放棄正面思考的想法，沒想到累積了五年，當初的想法，都在每天的創作堆疊中逐漸變成了真實。

宇宙間有一個強大的法則就是吸引力法則，思想是有磁場、有能量、有吸引力的，腦子裡想什麼，思想能量就會發射到宇宙中去，宇宙就會響應想法，給我們回應。而「愛」是宇宙間最強大的磁場，發出多大的思想，宇宙回應給我們的磁場就會有多大。

這也是自我修煉的一個重要的環節，自我修煉不是要你去探究自己的過去，不是去追求神佛的加持或是靈異能力，或是變成某宗教的領導者，而是要讓自己去探索未來，探索自我內在，了解自己為何而來，又將從何而去，如何將自己的思想與心靈更提升淨化，並學會掌控自己的情緒，進而讓跟你接觸的人覺得舒服自在，並讓他們感受到「愛」與「善」的能量。

只有爬到山頂了，這座山才會支撐著你；

只有自己的境界提高了，這個境界才會來提升你；

只有關心別人，別人才會關心你；

只有愛護這個環境了，這個環境才會愛護你；

只有親人幸福了，自己才會幸福；

只有成功了，朋友才會離自己更近。

一切，都從自己做起。

當個說故事的人，永遠都要比畫大餅的人來得踏實。

做個有經歷的人，永遠要比做夢的人來得真切。

不論夢想有多遠，餅有多大，只有真正完成的那一刻，才有實力去挑戰下一個目標，說得再天花亂墜，不如拿出成果更具有說服力，共勉之。

在去文化部開會之前的一個星期，剛好台北南港展覽館舉辦世貿食品展，去逛展的時候，遇到一些認識大叔的客戶，他們說常常會看到大叔在做的事，很多都看不到錢，為什麼還要繼續做下去？

理由很簡單，這些影像或是照片，並不代表它能賺多少錢，而是給台灣留下許多無形資產，或許現在看不到錢，不代表它沒有價值，錢買不到大叔的想法與創意，更買不到大叔的全力以赴與心甘情願，如果大叔全心全意去付出一件事，那只能說大叔能看見這件事的未來價值。如果要大叔放棄一個人，表示看破他的人格，不值得再多作著墨，不論他願意再花多少金錢，也買不回大叔的初心，這就是大叔做事的原則。

做任何事情，都要對歷史負責，所以在做任何事情之前，要先想到後果，不論是苦果還是甜果，要怎麼收穫，先怎麼栽，眼裡只看到錢，你收穫的一定不是錢，如果你看得到錢背後的價值，那你所收穫的一定不只有錢。

合作是很簡單的事，但改變世界就不一定，賺錢是很簡單的事，但用錢幫助別人就不一定，你看到的是幾億的生意，大叔看見的是幾百個家庭能存活延續，你看到的是自己，大叔看見的是地球，眼界不同，理解不同，當然結果也不同，格局也不同。

別太為難自己，
有些人，不值得你掏心掏肺；
有些事，無須一直銘刻於記憶。
別等到無能為力，才選擇順其自然；
莫因為心無所恃，才被迫隨遇而安。
有些人與事，是必須要路過的驛站，
好壞、成敗、聚散、愛恨，都無所謂，
它們只是幫助你嘗遍人生百味，
閱盡世間百態，看淡世事冷暖。

所有的經歷，都是催熟的良藥。

今天初一，母親總會為父親準備一頓家常。

這是一份心意，也是一份愛，母親總是一邊烹調，一邊啜泣。廚房，是媽媽懷念父親的情緒出口，我不敢在當下進去打擾她，因為害怕她哭得更傷心，只好在客廳靜靜的，讓母親的情緒盡情宣洩 ....
這是她懷念父親的方式，也是她宣洩情感的寄託，每次為父親煮飯菜時，她都會躲在廚房裡啜泣，哭完了，好吃的飯菜也做好了，這就是她的黯然銷魂飯，菜色平常，卻帶著濃烈的思念。原來，我一直不明白的真愛，就呈現在眼前。

愛不是千山萬水的波濤洶湧，愛是簡單的真誠，為你而做的心意，為你付出的感動……

我知道，是父親捨不得母親，所以每次初一十五，母親都會潰堤一次，是因為父親回來，是陰陽兩隔，卻心有靈犀，母親都希望我請父親用餐與燒金的時候，能告訴父親，不要擔心，她過得很好，我總是很大聲的說："父親大人，你放心，我們兄弟會照顧好媽媽，你在那邊就不要掛心，好好過日子，燒給你的錢要好好的花，不夠的話，再託夢給我…… "其實，是說給母親聽的……

或許，我們都害怕將來的另一半，會像媽媽一樣，所以不敢進入婚姻，我們都期待愛情，卻擔心愛情走到最後，是椎心的思念與不捨，是太過悲觀嗎？？

這世界上還有許多值得感動的流淚，領悟的流淚，當時間不斷的流逝，我們真的有好好把握？？還是莫名其妙地揮霍？？
親愛的朋友，願你們都找到屬於自己的小溫暖，並好好珍惜。
如果親人都在身邊，就是一種平淡的幸福，如果親人不在人間，就要為他們祝福，並好好用心的活著。

小時候，在那個物資缺乏的時代，父親從他的家鄉帶來記憶中的味道，每次當爸爸炒豆瓣醬的時候，那火熱的廚房跟快炒撲鼻的香氣，總是讓我們口水直流，豆瓣醬加白煮乾麵或是乾飯，每次都可以吃一碗公，常常有好朋友們來家裡吃飯，都指定要加這個。父親離開之後，母親就常炒豆瓣醬來懷念父親，現在，我們打算把這個好味道分享給大家。

其實，是希望媽媽可以走出父親離世的傷痛，透過豆瓣醬的分享，讓父親的味道能繼續傳香。

懷念一段老時光，獨坐在綠苔滋長的木窗下，泡一壺閒茶。

不去管，那南飛燕子，何日才可以返家。

不去問，那一葉小舟，又會放逐到哪裡的天涯。

不去想，那些走過的歲月，到底多少是真，多少是假。

如果可以，只想做一株遺世的松，守著寂寞的年華，在老去的渡口，和某個歸人，一起靜看日落煙霞。

有些習慣，終究要用一生的時光改變。就像，某些偷來暗去的懷念，往往在夜深人靜時，轟然來襲，刺痛到心底最柔軟的地方，無力掙扎。不是不幸福，只是仍舊貪心眷戀過去的某種感受而不夠幸福。不是故意悲傷，只是當腦海裡出現熟悉臉龐和溫柔話語時而失神。總在夜不能寐的時候，亂了矜持，是最清醒還是最糊塗？

人之所以痛苦，在於追求錯誤的東西。

如果不給自己煩惱，別人也永遠不可能給你煩惱。沒錯，我不再高攀不屬
於我的感情，也不再期待對方能愛我一輩子。未來的路，可以自己走，也
不要跟一個看不起我的人糾纏。強勢的女人，只會弄亂兩個人的生活，只
想利用你的女人，也只會讓你疲於奔命。人生可以很簡單，不要氾濫自己
的感情，在不該停留的地方 ... 好好的管教自己，不要管別人。

總有一天我會變得犀利，不再心軟，不再回憶，不再觸景傷情，不再奮不
顧身。

生命如此脆弱，豈能讓這些給蒙蔽，我們還有多少光陰可以虛度，讓一切
隨風而逝，用堅硬的自尊築起心靈的圍牆，向過去的曾經的告別，為重生
的自己加油鼓勵。生活總是這樣，不能處處滿意，但還是要熱情地活下去。

人生，值得愛的東西很多，不要因為一個不滿意，就灰心。四十不惑，該
怎麼過就怎麼過，我不是一個特別堅強的人，但我知道，有些時候，除了
堅強，除了努力，別無選擇。

感恩父母給我一身強健，讓我能在人世間搗亂；感恩上天讓我經歷了一切不好的，增強了追求幸福的能力；感恩朋友寬容的對待我，讓我能發揮所長繼續對抗許多的不平之事；感恩我所有的冤親債主，你們的慷慨解囊熱心相助，讓我能溫飽穿暖養足精神，繼續讓我生命的能量發揮極致。要感謝的太多，要明白的事更多，我會好好活著，做更多事情來改變未來 ...

不要讓未來的你，討厭現在的自己。我正在努力變成自己喜歡的那個自己。與其祈求生活平淡點，還不如讓自己強大點。

有人討厭我的身型，有人討厭我的輕浮，有人討厭我的穿著，卻沒有人喜歡我的內在，沒關係，這些都沒關係，讓自己變得更好。總會遇見了解你的人，總會找到喜歡你的人，在那之前，都不能放棄自己。

從事業與感情失敗絕望中，慢慢的走出來，沒有放棄自己。從部落出發，到徒步環島，一路上很感謝許多朋友鼓勵與支持，從沒拍攝經驗的大叔，就是抱著寧可失敗也要試一試的心態，因為已經什麼都沒有了，只剩下一條爛命可以拼搏，那麼就繼續拼吧，不拼就真的什麼都沒有了！

謝謝你看完這本書，也希望台灣這片土地能越來越好，所有的朋友能活得開心自在。過了四十歲，不能再誤人子弟，也不能再荼毒無知少女，不惑之年，要肩負更多社會責任，要回饋社會更多一點，別讓下一代怪我們太多！

流浪不是一種不幸，而是一種資格。趁著還沒有家室的拖累，趁著身體健康，此時不走何時走？流浪的不一定是身體，也可能是幻想和夢境。渴望流浪的人，唯一堅定的是那顆心，那顆充滿力量用力跳動的心。做人，要努力得到的不是呼風喚雨的能力，而是淡看風雲的胸懷。

保持每天的內心淡定與從容，趁都還年輕，多走幾步路，多欣賞沿途的風景，不要急於抵達目的地，而錯過了流年裡溫暖的人和物。

趁都還年輕，多跟心愛的人說些浪漫的話，多跟喜歡的人做些幼稚的事情，不要錯過了生命中最美好的片段和場合。

趁我們都還年輕，多做些想做而該做的任何事情。

青春很短，路途很長，跨上車，就去流浪。

給自己放一個長假，
帶上行李，帶上相機，
再帶上疲倦、疼痛的心，去遠方，去流浪。

如果可以，真想回到小時候，
回到過去，可惜我們做不到。
人生只有一回，錯過就沒有機會，
當還在猶豫該不該去流浪的時候，
生命正在一點一滴的流逝。

出發吧，當下！

一　見　市　晴

新時代生活是 { 傳統 } 堅持做對的與好的事情
所留下來給予新一代的禮

是連結 { 舊 } 與 { 新 } 碰撞衝突的美學
是連結 { 你 } 與 { 我 } 之間的情感

簡單而有感覺的一件事情
是生活透過設計 並 販售給生活使用為最基本態度

網站：knzji.com

臉書：一見市晴品牌規劃設計

地點：嘉義市民樂街 72-3 號

電話：0919-602182

[服務項目]

品牌規劃設計　　　　　產品包裝設計 / 平面刊物設計

網頁設計　　　　　　　軟體系統開發

滿　　棠

「滿」，美好充實。「棠」，遊子思鄉。

愛上純粹　來自原味　沏壺好茶　幸福滿棠

「土裡生，土裡養。」 熬過年輕人大量外流的困境後，不少農村近注入新血，除了傳承上一代的產業外，並用行動讓大家瞭解土地永續發展的重要性。

滿棠以自家茶園為起點，與幾位相同理念的農家結合，主打嘉義縣瑞峯產區茶品，不定期推出臺灣各地製茶師、焙茶師的作品，讓消費者接觸更多深具特色的茶款。

網站：www.maintang.com.tw

臉書：滿棠 ・Tea Plus

門市：嘉義市新民路 940 號

電話：05-2251070

優惠：憑卷消費滿 500 元 , 送阿里山小葉種紅茶三角立體茶包 .

滿棠

嘉義市新民路940號
05 - 2251070

優惠券

消費滿500元
阿里山小葉種紅茶三角立體茶包

淡水 Amanda Cafe

全程使用 LAVAZZA 咖啡豆
提供商業套餐 精緻套餐
下午茶組合

使用義大利頂級 LAVAZZA 咖啡豆
一杯香醇拿鐵搭配蜂蜜鮮奶油鬆餅
美好的下午茶組合
手做醬料的義大利麵、焗烤飯
老闆娘的用心，等您來品嚐

營業時間：星期一至星期五　　11：00～20：00
　　　　　　星期六 ·星期日　　10：30～22：00

地　　　址：台北市淡水區中正路 264 號

客服電話：02-2626 1388

攜帶《 流浪、大叔、歐多拜》實體書到店消費，飲料全面九折。
有十次機會喔！

消費蓋章				

金山 "歐豆麥" 咖啡廳

孝心圓了夢想還是夢想圓了孝心？！
咖啡賣弄藝術還是氛圍迷惑人心……

來瞧瞧，來分享！

老闆本人沒多大本事與智慧，但很認真
很執著的，為大家提供一杯會噴淚與發
笑的真情飲料。

營業時間：上午十二點　至　晚上九點
　　　　　（要來店之前可到"歐豆麥粉絲團"確認）

地　　　址：新北市金山區仁愛路三號一樓

客服電話：02-2408-2461

攜帶《流浪、大叔、歐多拜》實體書籍至歐豆麥消費，同時享有兩種優惠。

1. 帶著流浪大叔歐多拜的書，到店內消費，飲料一律可折現金 10 元。
   （每人低消一杯飲料），共有十次優惠喔。

2. 出示手機至《歐豆麥粉絲專頁》點讚，打卡送美式咖啡（此優惠專案僅
   提供內用，如果喝不過癮，可免費外帶一杯香醇黑色歐豆麥咖啡），只有一
   次機會喔。

消費蓋章				

孩子們，人類都說出書好難，
我們**飆去**給他們看看什麼叫難……

想出書？找白象！

www.ElephantWhite.com.tw Since 2004

出書真的不難！量身訂作的專業出書服務，兩個月讓您的作品出版！不需出版社審核，人人都能出自己的書。出書留念收藏、傳承家族故事，各類專業創作上市經銷，新書發表、媒體宣傳，銷售資訊透明，書款結算快速，服務作者細心親切，各出版社與書店都推薦的自由出書領航公司。

GIVE543 贈物網

全國最大物資共享社群平台，以有餘補不足、互助分享的概念，讓多餘物資用最簡易方式無償贈送給需要的人。延續物命、環保、分享愛！

無論是誰，經濟狀況如何，都會有一些用不著的物品想免費分享、贈送出去；也都會恰好想取得一些不想（不必要）花錢購買、或是花錢也買不到的東西。

在不景氣的時代，資源若能互相交流饋贈，就可以減低資源的浪費與不必要的金錢支出，「贈物網」就是在這種簡單的想法之下誕生。

現在只要經過簡單註冊程序，就可以成為「GIVE543贈物網」中的一份子。輕鬆成為「贈送者」或是「受贈者」，體會那種東西送人後的成就感；以及接受萍水相逢之人的饋贈，這是一種言語說不出的感動。

一起做個分送溫暖、獲得感動的人吧！
參與更多美好，加入GIVE543贈物網！

網址：http://give543.com

逢 大 車 業　　　　　TEL:04-27085478

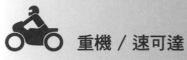 重機 / 速可達

- 速可達/輕擋/大型重型機車維修保養
- 精修噴射引擎
- 各式零配件改裝代工
- 輕重型機車買賣

- 歡迎交流維修保養資訊。

歡迎加入LINE@好友

✕週一至週五
　am9:00 ~ pm9:00
✕週六
　pm12:00 ~ pm7:00
✕週日公休

facebook https://www.facebook.com/fd27085478/　📍台中市西屯區逢大路103號

台東 鹿野 林旺製茶廠

「林旺製茶廠」位於台東縣鹿野鄉，林旺是台語「喝了就旺」的意思，就如同林旺製茶廠創辦人林耀精先生的初衷，用友善大地的方式管理茶園，用高標準的衛生安全流程製作茶葉，目前通過產銷履歷認證、ISO22000認證，並獲得農委會農糧署評鑑五星級安全衛生製茶廠，一杯杯健康好茶，請君品茗。

烏龍茶、金萱茶、蜜香紅茶、紅烏龍、果茶

facebook 林旺製茶廠（喝了就旺）🔍

台東鹿野 老王有機農場

來自純淨的臺東鹿野，
秉持保護環境與珍惜生態，
自然有機理念經營，
種植豐富多樣的有機農作。
自產自銷嚴格篩選，
以健康安食為理念。

種植的有機農作，主要為
檸檬、臺東7號金針、
西瓜芭樂、黃金蜜芒果、
柑橘、芋香冬瓜，
依時令輪作相關作物，
如瓜類、根莖類、葉菜類

歡迎各位朋友來產地深入了解，採事先預約方式參觀

電話：0987-920740　　Line ID：@oldwang-farm
地址：台東縣鹿野鄉瑞源村後湖路45號

得 獎 紀 錄

[國際獎項]

2014 《我是誰》國際公益短片大賽銅獎 《穿越世界末日 - 為愛而走》

2016 IPA 國際攝影獎（International Photography Awards）Other_N, Non-Professional Entry Title: "Under red autumn swing"

[兩岸獎項]

2013 海峽兩岸金善獎草根微電影競賽《穿越世界末日 - 為愛而走》入圍
最佳劇情獎、最佳剪輯獎、最佳美術設計獎、最佳音效獎、最佳攝影獎
2013 海峽兩岸金善獎草根微電影競賽佳作《穿越世界末日 - 為愛而走》
2014 海峽兩岸金善獎草根微電影競賽《搶救土地公的家》社會組非劇情類入圍最佳剪輯獎、最佳導演獎

[台灣獎項]

2013 金僑獎微電影競賽（僑委會）佳作《穿越世界末日 - 為愛而走》
2013 第一屆台灣微電影節入圍《穿越世界末日 - 為愛而走》
2014 金僑獎微電影競賽（僑委會）入圍與分享王獎項 《搶救土地公的家》
2014 第七屆社區二三事紀錄片競賽入圍《穿越世界末日 - 為愛而走》
2014 觸動感動國際攝影大賽入圍 《時光飛逝》
2014 攝界論壇攝影大賽冠軍《海王子》
2015 農業好點子群眾集資競賽「評審團獎」參獎「紅藜先生為土地而走」計畫
2016 台灣部落格大賽佳作
2016 第二期「文化部藝術新秀首次創作發表補助計畫」得主

旅・行・手・札

TRAVEL TIME

旅·行·手·札

TRAVEL
TIME

旅・行・手・札

TRAVEL
TIME

旅·行·手·札

TRAVEL
TIME

旅·行·手·札

TRAVEL TIME

流浪・大叔・歐多拜

給活著的自己一個流浪的理由

建議售價・新臺幣 320 元

圖文作者：鍾品澄（Mr.big）
出版機關：祝強文創
　　　　　地址：桃園市龍潭區聖亭路 300 巷 32 弄 16 衖 2 號
　　　　　網址：https://www.facebook.com/driftUnclemotorcycle/
　　　　　電話：03-4790252
校對：白象文化 / 一見市晴有限公司
排版編輯：一見市晴有限公司
封面攝影：鍾國瑋
印刷：健豪印刷事業股份有限公司

本書獲得 105 年度文化部藝術新秀首次創作發表補助計畫

代理經銷：白象文化事業有限公司
　　　　　公司地址：台中市 40253 南區美村路二段 392 號
　　　　　聯繫時間：週一 至 週五，AM 9:00 至 PM 5:00
　　　　　專線：+886-4-42265-2939　　　傳真：+886-4-2265-1171

國 家 圖 書 館 　 出 版 品 預 行 編 目 （ C I P ） 資 料

流浪、大叔、歐多拜 / 鍾品澄 著		- 初版 -
出版 / 桃園市	出版 / 祝強文創工作室	出版 / 民 106.01
ISBN：978-986-94152-0-0 （平裝）		
1. 攝影集		
958.33	105023175	